湖面如镜

[马来西亚]
贺淑芳

著

中国友谊出版公司

自序

关于繁花万镜，以及卑微零碎的

　　这本集子里，有些稿件积存超过十年。写《墙》时我尚在八打灵的《南洋商报》当记者。下班后在租来的房里打稿。那是一栋坐落在三岔路口的房子，从阳台到厨房布满灰尘，到处灰溜溜的。住宅区的声海倾泻灌入，寂静无垠庞大。

　　最初写小说时根本没抱希望。事实上，能不能继续写作、出书，皆有赖于各种现实条件支撑。在以为逃离它时，它仍像皮肤那样紧贴着。

　　《墙》是我离开工厂后写的第一个短篇。过了三十岁后，转行，捡回写作，仿佛跨过一道隘口。这以后陆续有些小说刊登在《南洋商报》张永修编的南洋文艺版。两大报馆（当时还是分开的两家）办事处相距不远，当中栖身、流动的作家不少，下班后偶聚交谈。吉隆坡聚集的人文圈子很小。写作人与社运分子、报人多有往来，或许因为友人里头颇多热心社运，那些翻腾的话语，如滚圈的砂子般盘旋复述，刺激了许多想法。

　　最初构想的故事多从公共议题切入。经过语言框裁，现实与虚构彼此宛如"延续的公园"。小说不是真实生活的记录，但是却和瞬逝的生活共存。尚在不久以前，我曾跟朋友说，向往文学里最美的风景。但正如博尔赫斯的动物寓言 *Á Bao A Qu* 所喻，这至美的风景竟似不可描述，仿佛它必须是语言留白处。据说此名源自马来语 Abang Aku[1]，故事采自马来半岛的神话。神灵自星空陨落掉在一处无以名之的所在。设若它圆满返天，这故事就终结了。然而这生与死、创与愈仿佛永不结束。它沉默，成为横亘远处的风景。写作与语言的关系是如此。就像你不会想为任何浅薄的关系多花一分力气，能使你同时迷醉与探索的必是深切的情感与欲望。写作就是在跟这样的欲望亲密：宛如在这

1　根据 Anteras 在《七土》（*Tanah Tujuh*）书内的说法，Abang Aku 意为"我的哥哥"。

道无可弥合的裂口深处，有翅膀伸触彼岸。彼岸非是此世不可。或许无甚深奥，琐碎熙攘，却仍想若不断地写，也可能开出**蓓蕾**。

如今大家常说大家的生活都过得差不多一样了。日常生活像在窄巷里往返。窄巷分岔，或许也是小说穿接相遇的阡陌。在阡陌的岔口，遇见别人时也遇见陌生的自己。

这本集子里，有些小说跟此时此地马来西亚的政治有关，有些则更关心自己跟现实侧身观看的意识（无论是政治的或非政治的）[1]。有些则产自一个意念，譬如想要反驳一些流于二元对立简化的观点。有些是家人的故事，有些是听来的他人的故事。虚构混合着事实，而事实总比小说所能想及的更加荒谬。公共议题搬进小说之后，是否还能在书写中延续指控，或为受委屈者发声？或对被书写者负有一定的伦理责任？

每次书写这些故事，"他人"就成为一面折射"我"的镜子，无论"他人"强或弱。只要一个人执笔写作，多少就握有权力。我的故事到底要怎么说，才对他／她公平呢？

1　谢谢张锦忠在《故事总要开始》中的评析。

要如何才能把她／他的主动与欲望还给他／她，而又不至于干扰故事？有时你以为是在结构中受害的人，她／他却可能把自己看成具有选择权的人。正是这一点，才能使一个人在最艰窘的环境中依然保有希望和自尊。也许这本集子在这方面仍然不是很成功，但尽可能靠近。在写这些小说时，我试图把一些自己和他人（母亲、邻居、朋友）的经历与语言缝编成故事，咀嚼此地的滋味与形状。虽然或许不免咀嚼得变形了。

小说的声音可会飘过空谷？也许。沙滩上的足迹，以及雨天路上的濡湿脚印，也不知哪个比较短暂。如果小说的生命不长，那就写给这不长。虽然经常感到好像有个等着要说的东西会随时沉没。如果把马华文学消失的可能性悬置起来，小说对当前的思索也许可以使"此刻"拉远。马来西亚建国以来的霸权问题，与之抵抗的口号并不新颖（譬如爱国），但其中族群观点与角力状况在半个世纪后却有细微的差异。语言改变个体的力量确实庞大，既然我刚好在这里，就尽量注视这张网，这里头滚动的偏见、声音与感受，多少像触角一样伸进了小说里。即便小说捕获的只是剩余——那些在历史与社会语境中未能占一席地位的零碎、卑微与微不足道，那些对历史和过去的奇怪说法，或许是值得打捞的碎片。

　　虽然大部分小说写的总是他人的故事，但他人的想法与感情往往只是一种局限的知道。只能靠着想象来填补，或渡入自己的情感与思索。因为这层渡入与变形，"现实"切换在另一条水平线上走，仿佛这一现实的界面是个倾侧的倒影。《箱子》和《夏天的旋风》是留台期间所作。《天空剧场》是刚离台归乡之初，和母亲同住老家时写。《湖面如镜》写时人还在金宝教书——这篇小说得感谢友人黄婉湄跟我分享她在国内大学的亲身经历，也有部分细节取自新闻报道[1]。二○一二年八月开始我到新加坡南洋理工大学报到。余下的四篇小说，包括以改教的阿米娜为人物的两篇小说（伊斯兰教的议题小说因受黄锦树提醒而重拾再写），即 Aminah 与《风吹过了黄梨叶与鸡蛋花》[2]，最初只是要写一系列改教议题的故事，经过考察之后，就变得集中在阿米娜及其朋友身上，从二○一二年年初开始动笔，每天反复修改，至少完成三个版本。Aminah 也曾拟题《有关阿米娜的二三事》，那一整年几乎一直重写阿米娜／（洪／张）美兰。我希望她不那么悲惨，张美兰是从洪美兰蜕变出来，在此仅选最早与最后的两个版本把她们一起留下。前两个版本曾投港台一些文学杂志，但不获刊登，当时也寄给几

1　黄婉湄研究妇女与社会运动，此刻在加拿大念博士。
2　此篇小说《风》献给《马华文学无风带》的作者。

个朋友看。二〇一二年年底时也抽出一小段作为"惊花"图文诗展（此活动由吉隆坡几个作家朋友刘艺婉、梁靖芬、尼雅、陈头头以及我五个人共同主催）。《小镇三月》及《十月》，也是近期在金宝与新加坡两地往返中写成。《十月》从找资料到写完费时超过半年，南洋理工大学的图书馆资料帮了大忙。

我觉得各行各业都在讲故事，从工厂里的工程师到记者、编辑皆然。生活里的故事无可终止，因应生存而不断复述与变异。总有编造故事，超越平庸生活的欲望。有这些欲望与需要，使我感到自己确确实实活着——我母亲、祖母和姑姑们也大概如此，她们说的话像是给石磨碾过的面粉，也许对历史无感，但总有琐碎的日常史；尽管故事来到时总是已在中间。之前之后，那一大片错综复杂的疑问，难以望尽如大雾；而细节碎片漫溢如汪洋。或许写作无可避免得是载浮载沉，或为浮木或为船桅。倘若是无法登岸之茫途，那么至少这**无岸之河**上，小说容许鱼群泅过，鱼回返卵、草飞回泥中、灰烬梦见火——哪怕这边域的写作，终将消逝、遗忘在历史大雾中。

或许其实也不会那么悲惨。毕竟写作的航程属于未知。

　　我仍然期盼小说有批判性。但如果小说能够有批判力，应该同时也能与迂回的沉默并行。让丛丛问题如同疏密各异的时间，在小说体内回成叠叠花瓣。

初稿作于二〇一四年三月下旬，

最后修订于同年六月底，于新加坡

目录

夏天的旋风

　　苏琴对游乐场的印象，总是脱离不了旋转的摩天轮。但这样的印象有点过时了。当摩天轮美妙地暂停一分钟，她乘坐的观览厢正巧停在最高点。周日午后，阳光刺眼，游乐场里光晕漫射，从那个巨大钢骨圈的笼子里往下望，地面上的嘉年华会有若一场无法正视的、旋转不止的旋涡，七彩缤纷地飞旋底下，波涛起伏，让人看了头晕目眩。她觉得身体各个部分像是随时会散开，像纸张一样穿过铁花被风敛走。虽然这不是云霄飞车或狂飙飞碟，但依然有某种恐怖感从头顶那里冷冷浇下，仿佛她被虚空缚在一座深渊之上，至于穹顶那里到底有什么，怎样也无法扭头去看清楚。

　　"今天，会有点，改变，我，我们，一定。"

　　录下这句话之后，就没有下文了。录音卡带的轮子继续转动，喀啦喀啦，像一颗骷髅头在滚动，喀啦喀啦，空空的眼睛追着外面旋转的世界。虽然想再说什么，但苏琴所能给予的只有空白，无法再变成声音。这不是世上任何人所认识的苏琴。当她被剩下一个人时，当她想到自己将会被抛弃或者应该要采取主动时，她就会想，不如给自己讲个故事。但她发现要对着麦克风说些什么话，简直就是荒谬离谱。试试吐出一个音：哦——

　　录下自己的声音，播放。直到她从耳机里听见自己的声音为止，在那之前，她从来不知道别人抗拒她的原因。声音局促不安，如一条蛇藏在里头，吐着游丝般的气息卡在语句之间。

她尝试模仿另一种腔调，但依然有某种顽固的音质，如鳞片般沾在每句话尾端。试试说"我——"拉长，听着它慢慢地变形成 O ——电池将近耗完之际，那拉长的声音听起来就像某种不知名的动物藏在洞穴里鸣叫。在什么也没录到的地方，录音机就只是沙沙地响。

在漂泊的头十年，她一直怀着乐观的期望。她毕业后飞到新加坡工作，数年后，和一个男人飞到台北结婚。当时她相信，假如你不冒险，事情就会永远胶着，什么好事也不会发生。但只要你够谨慎，小心翼翼端着手中的托盘，那些美妙的东西就不会打碎。

她踩着一双橘黄色的拖鞋走进游乐场。像太阳一样的黄色，可以踩出信心洋溢的第一步，一切将重新开始。忘掉过去，让冲突就只是过去的冲突。误会，就只是有待驱散的阴影而已。虽然这几天她一直觉得有一种将万物化为尘土的时钟音律，在体内嘀嗒踱步，尤其是晚上睡觉之前，风在十二楼的高处呼啸而过。从高楼往下望，夜间的台北晶光灿烁，像一张面具等着她飞扑下去抓进手心。但与此同时，也有另一把声音会抚平那些呓语般此起彼落的嚣音。

那股声音极之强韧，犹如将人从泥沼里拉出来的救生缆，从看不到尽头的高处，遥遥垂下提醒她：你还没有——哦。我还没有什么？呵，我有好多东西都"还没有"！假如你眼睁睁看着救生缆在掌心里消失，什么都抓不到，身体却不受控制地继续往下沉——那又能怎样？

经过两年来的冷战之后，所有过去掩藏在台面下的东西都被掀出来。但今天，她决定了这不会是一次单纯的出游，未来将不会再含糊地混过去。她将做下一个重要的决定，通过一个重要的测验。

看着已渐松弛的躯体，对那身泳衣略感不安，她从背包里抽出一件恤衫套上，才推门出去，回到喧嚣鼎沸的空气里。哗哗的水声冲刷巨大的钢骨，五彩的阳光在水花里叠累着扩大，在夏日的水蒸气里，叫笑声到处膨胀。湿漉漉的人群相互推搡着朝前走。他们嬉笑着，水从眼帘往下滴，几乎什么都看不清楚。

她没下水，头顶着草帽，灿烂的阳光洒满游乐场里的芸芸众生。苏琴在这里跟着她等待的人。那是每日听见的口音，浮悬在她的脚步前面。那种彼此之间听起来自在无比、彼此接纳，而且无须转换的腔调。这一行人正踩过细沙冲进水里，嗯，她的眼睛看见了他们，那个丈夫，和一双儿女。他们毫无原因地狂喜，奔向人工浪池。她不由自主地涉水滑过去。在水里，苏琴和一大群她不认识的人套在颜色各异的橡皮圈里，共同屏息等待下一场高浪袭来的快意。浮在水里的身体很轻，不足以倾覆；这是大家一起合作假装没顶的虚假恐惧。这是好的，苏琴想，要在这人山人海的池里溺毙，比被压死还难。

苏琴发现那个丈夫（或父亲）半浮半蹲在两个孩子之间，一双张开的手臂显得尤其雪白，左右两手各自紧抓着一双儿女的救生圈。三个人被这双强壮的手臂串联在一起，有如被一条隐形的锁链套住，谁也不会被浪冲开。波浪过去以后，他们呼哈呼哈地笑着，纷纷咳出呛进鼻咽里的水，这时他会暂时松手来擦一把脸。然后他们同时皱眉，那种笑起来眼睛往两旁斜落的表情，是那么相似。

苏琴决定玩一个不出声的游戏，不说话，闭上嘴巴。她决定悄悄空出这个位子，一个母亲缺席的欢乐场面。

"好不好玩？"点头。

"上不上去？"摇头。

男人紧揽着他们，紧张兮兮地嘱咐孩子一定要抓牢橡皮圈的边缘，孩子被逗得很乐。他的前额发际已见稀少，但肩膀宽阔，看起来很可靠。

现在苏琴记得她的母亲。她把许多特殊的优点和缺陷都遗传给她。母亲也曾经紧搂着她，嘴巴凑近她的耳朵，温热的气息吹过颈项，就像她准备用一口气吹活这个冥顽不灵的泥人："不管你去哪里，你听着，你的未来，就是要结婚，生个孩子。不让自己老的时候，孤零零一个人。"

无法控制，苏琴在水中冒出眼泪。

这就是母亲想尽办法要告诉她的话，她重复了那么多次，以至于苏琴觉得那就是她母亲自己的金科玉律，似乎那就是她母亲此生最想说的。

有一些话卡在肚子里，苏琴从来就无法把那些真正想说的话吐出来。没有适当的机会，那些话在心里研磨了好几年。有时候她怀疑，这些话可能根本没有说出来的价值，甚至也可能不是她真正想讲的，到底哪一句才是必须说出来的话呢？她想自己也许没有办法知道。也许死前的那一刻就会懂，也许在说出来的刹那，也就完成了。但假如到头来一直都不懂，那又怎样呢？

游乐场最好的事，或许就在于它是一场无须多言的狂欢大会。但你却可以从激烈的游戏中证明自己。强烈地笑、尖叫，或者失色地跑，提着橡皮圈，从一个地方奔向另一个地方，从高处滑向低处，或者从低处冲向高耸的顶点。夏天的阳光烫烧肌肤，苏琴发现游乐场有一张在其他地方都没有出现过的脸孔。当然每个地方都会有特别的表情，就像在车厢或电梯里都有各自专属的脸孔那样。游乐场的脸，是属于痉挛的脸，因为强烈的欢乐而痉挛。这种欢乐和死亡相似，像太阳一样从体内放射，慢慢地烧着体内的每一根纤维，令你不得不浑身滚烫地到处乱跑。

厌倦了人工浪，那个小女儿踩过细沙，小步地奔跑。现在他们又要跑到另一个地方去。在乐园里欢快地移动，他们不会相信，一家人不过只有数年时光暂时相聚。现在，想象自己是个隐形的母亲，被家人忽略的存在，苏琴沉默地跟随在后，从后面看着三人的影子在阳光下跳动。

他们被带到一座大城堡前面，小孩在那里反复不断地爬上滑梯、梯级，沿着密封的滑道冲到水池里。反复滚落，又反复爬上顶端，等着自己被突如其来的海浪冲刷，让围观的父母观看，他们是何等聪明而敏捷，可以禁得起无数次的考验或打击。

他们跑到沙滩上玩排球。在另一个地方，他们三人共乘一艘橡皮艇，在一个膨胀椭圆的大碗里尖叫环绕。十多分钟以后，苏琴看到他们被排出到一条小河里，精疲力竭地瘫倒在橡皮艇上。

"我们是否要回去了？"

"不要、不要，我们还没有玩那个、那个！"

"天啊，"那个父亲看了那列正缓缓爬上斜坡，旋即疾速俯冲的列车，人们几乎是光秃秃地把自己暴露在高速刮过的空气里，"我可以说不吗？"

"你能坐吗？"

她没有立刻回答。她举起摄录机对着他们，变换焦距，把他的脸拉近、放大，然后再推远、变小。她想要从那张脸看出来，那里头究竟是有恳求，抑或仅是敷衍的意味。但她只看到一张异常疲惫的脸，一股已经失去活力、几乎平坦、没有温度的视线，僵硬地对着镜头。她希望那是出于这些过度激烈的游戏，而不是因为过去几年消逝了的时光。在摄录荧幕的影像里，他们并排站着，背后的七彩气球、卡通、钢骨与那些塑胶玩意，稠密地包围着他们，几乎没有多余的空间剩下。

现在他们正在一条长龙里排队，一瞬间就即将登上那辆飞车。苏琴和他们站得很靠近，假如有别人在一旁看他们，也会自然地认为苏琴和他们是一家人。他伸出手，看似想碰她的肩膀，但最后却是落在女儿细软的头发上，他把她抱起来，嘴唇在她额头上一亲。同时摆了个鬼脸，让太阳眼镜低低地滑落到鼻尖上头。小女孩没被逗笑，她蹙眉看他。背后连绵的说话声像膨胀的海绵一样亲密地贴过来，但没有任何欢乐会渗透进来。

上空不时传来一阵阵震耳欲聋的俯冲欢呼声，当它在头顶上掠过的时候，苏琴觉得头皮发麻，就像有一把利刃在头顶上划过那样。她知道是什么东西神使鬼差地使她点头，因为那阵刮过公寓的风，像旋涡一样会把她吞没，吸到深谷底下。

一定要坐上去，她模糊地想，就算只能暂时麻痹也好。

她注意着前面这个男孩的动作，他安静地吹着泡泡。她猜想他其实很紧张，但他掩饰得很好，她没有看见他颤抖。他的脸上没有丝毫表情，他的眼睛非常平静地盯着眼前一根水草末端冒出来的七彩泡泡。泡泡升到空中，变大，上升，变得更大，越来越高，然后破掉，就像嘉年华会忽然停顿了似的。

她听见后面有个女孩对妈妈说：我要去小便。她妈妈毫不犹疑就带她离开，两个人再也没有回来过。

你应该想办法和他说说话。说着话的时候，人们就会忘记时间过得多么慢。你知道自己无法这么做，因为只要一开口说话，眼泪就会失控掉下来。

她想，她是在做梦。在梦中，任何不可能的交谈都可以进行。任何不可能的事都会发生。

"你好吗？"男孩忽然转过头来问她。

"好，"她转头对他微笑，"当然好。"

沉默的游戏结束了。现在，他们总算先开腔。不管她的口音如何，他们必须要开口对她说话。她伸手摸摸他的头发，他没有抗拒，虽然他到现在还不肯叫她，因为不知应该如何称呼她：阿姨、阿婶？

"你可以不坐，"他说，"假如你害怕。"

"我不害怕。"

"我妈会害怕,她上次也在出口那里等我们。"

听着这话,她不是不惊异的,那个女人,每次都像她这样吗?还是她代替了她的位置,变得像她?

"我没有那么害怕。"

"如果这火车掉下来——"

她安慰他。虽然她一点也不了解那种地狱般的狂欢,这整片拆掉后就将只剩沙漠的城堡,此刻正激腾地叫嚷。但她愿意说服别人相信那些她希望自己相信的。

"再过一百年都不会掉下来。"

她永远不会再坐第二次。那种翻转过来的感觉,整个人被悬挂倒过来,就像垃圾桶被翻过来猛力摇晃,要把里头的东西全部倒光似的。她觉得自己的身体被紧紧地吸附在座位上,可是里头又有什么东西要往外飞,就像是有一部分的灵魂要被风敛走。

她无法制止地与其他人一起高声尖叫,不知喊出"哇"还是"呀",也无法听出别人在喊什么。有一种共振的欢乐像痛苦一样强烈地盘据了她,如膨胀的海绵般挤压着她的心脏。

也许她陷入了梦境,也许她曾经昏死过去。一朵白茫茫的云雾,从鼻子底端升上来,逐渐扩张,膨胀,直至它完全盖住她的眼睛。有一瞬间她什么也看不到,再也看不到那片疾速飞逝的模糊风景。只见到一种光滑的、浓稠的、纯净的白色。那真是一种恶心的空白。它那么黏腻，分明是什么都没有，却又什么都容不下，凝滞不动地蹲坐在她头上，压着她的脸。无法挣扎，仿佛她已经死了，变成一具无法动弹的尸体，被一团封在蜡里的奶白物质包裹起来。到这地步她仅能狂喊，愤慨地抽光肺叶里的空气，直到有个东西慢慢地沿着咽喉爬上来，她感觉到自己开始呕吐。

这片覆罩着她眼鼻的空白颜色逐渐变轻、缩小、远离她的脸，没有重量，它甚至看来带着光滑的弧形感。她清楚地看见一颗巨大的、白色的O，从张开的嘴巴里冒了出来。

两颗，三颗。她没办法数。它们全都冉冉地飘上湛蓝无垠的天空。

她想，没有人看见，她呕了一连串气球出来，白色的气球。

坐在前方的父亲自然不会看见。身旁的男孩不晓得究竟是睁开还是闭着眼，在全程中他一直尖叫。嗯，他的确是什么都没看见，他在过后对她说："你没有呕吐。"

男孩迷惑地看着她。她可以读出藏在他心里那句没有说出来的话：看吧，你果然跟我们不一样。

在他们一起冲出来的刹那，父子三人都立刻张开纸袋，各自往袋子里大吐特吐。苏琴记得今天上午，他们在餐厅里点了汉堡、焗饭、火腿鸡排、薯片、冰可乐。当时她根本不想劝阻他们。

他们都低着头，以类似的抽搐感和节奏，呕出肠胃里的杂食所化成的液态。无论是揉着胸口的动作，还是呼气之后的虚软模样，他们看起来都是如此相似，她掏出纸巾给他们，白色的纸巾。她接过那三个装满呕吐物的纸袋时，并非不恶心的。

不只是因为眼前的孩子都是另一个女人生下的缘故，即使是她自己生下的孩子，也可能会长得更像父亲，或更像自己。他们都会成为他的孩子，或者也会成为她的孩子，如果她尽力争取，如果。如果她到死的时候还爱着他们，他们也许会无可避免地说着和她明显不同的口音，或者也会逐渐地、一点一滴地爱回她。

但每个人都会离开她。在她死的时候，必然是一个人，孤零零地死去。

这个下午真漫长，她觉得自己熬了很久。在游乐场的另一边，他们经过一种不停在旋转的心形大杯子。

"还要玩吗？"

小孩失措地看她。

苏琴先走进去，她坐在里头等候。她抬起眼睛注视着三父子，她等候着他们的下一步。那个丈夫（那个父亲）走过来了，他坐在她旁边，握紧她的手。

"你怎么啦？"他说，"大家都很累了。"

她不理他。她转头朝向还呆站在杯子外面的那两个孩子叫喊："快点上来，快点。游乐场要关门啰！"

孩子们立刻爬上来，男的靠向他父亲。女孩起初犹疑着不知该坐哪里。她伸手用力一拉，把女孩拉过来，让女孩的耳朵贴近自己的心脏。

起初杯子的速度很慢，就像一首悠扬的乐曲。随后，音乐越来越激昂，杯子就转得越来越快。苏琴觉得自己就像被一根看不见的汤匙，以越来越快的速度拌搅。他们的镇静和防备快速被融化，每个人的嘴巴似乎都被塞进了另一张嘴巴，从那里吐出了尖锐的叫声，不属于任何口音或腔调，共同的叫声萦绕在游乐场的上空。

正如苏琴所想象的那样。在杯子停下来的时候，他们四个人就像一般正常的家人那样，紧紧地粘在一起，像四块融化的方糖。

第三十届"联合报文学奖"短篇小说评审奖作品

原刊《联合报·联合副刊》，二〇〇八年十月十八日至十九日

天空剧场

像森林里的迷路者那般相互叫喊。

　　　　　　——尼采《人性的、太人性的》第一卷第八章

"外面有警察。"

"是蓝衣那种吗？"

"不，是白衣那种。"

"他们来做什么？"

"来管路。那边有人死。等下要出殡，车子乱停，你看那里都停到满。"

"我们刚刚也兜了很多圈才找到位置。"

没人接腔。

"这里警察常来巡吗？"

"嗯，算是——他们常常开车，这边逛逛，那边看看，也不晓得在看什么。"

"他们有来查过你吗——"

"噢，没有，完全没有。"

母亲站在窗前，往外看了老半天才坐下。这里只有一个理发师，其他人必须耐心等候。室内弥漫浓烈的发胶味。地上堆满剪落的头发，厚厚叠叠，仿佛某只动物消失前剥下的黑亮毛皮。

梳一把女孩的头发，咔嚓咔嚓剪下。好美的头发，理发师这么赞叹。但这赞美却无法打动女孩，她一脸木然坐

着，活像被隐形的绳子绑来这里。她母亲坐在后边谈起学校，谈起假期已近尾声，谈起学校的各种规矩，不外是关于指甲、头发和裙子的长度。人们说裙子必须要超过膝盖，她说。各种事物的尺寸长短总有一定规矩。然后那个母亲又谈起那些听来的惩罚法子，先是警告，接着就会被记过，非常严厉。一个人会因此失掉宝贵的时间和分数。女孩安静地让身体藏在那件宽大的披肩底下，就像扎在椅子上的帐篷，剪下的头发就像落叶，沿着帐篷表面滑落脚边。听任它落下，她没有任何反应，就好像身边传来的话都没有意义。

头发剪掉以后还会继续长出来，理发师说，以后再来找我。

也许以后学校会改变，他们有时会这样，一时严厉一时又放松，另一个母亲说。

那时候就可以把长发再留起来，梳你喜欢的花样。

理发师穿了一身鲜亮的红衣，红衣使她醒目得像小红帽。红色的衣领缀满蕾丝，像花瓣一样衬得她脸颊雪白。她踩在一摊浓稠的黑发里，专心地给女孩剪头发。

她看来大约三十来岁，五官相当漂亮，虽然有点憔悴。听着别人聊天，她也会插嘴。附和，惊叹，灵巧地接腔，显然听得懂大家的福建话在讲什么。她自己说的是一口印尼腔的马来话，但似乎已居留多年，用语都易懂。

当大家称赞她这衣服好看时，她就眼眯眯，心情很好地笑起来。

"你刚回来，还要出国去吗？"她忽然问我。

我吓了一跳，没想到她也懂得我的事。

"看吧，如果有机会，再看看如何。"我含糊地说。对这问题我没有确定的答案。

好一会儿，我才想起来这个印尼女人是谁。大约四年前，我回家度假时，她来找过我妹妹。当时她那口印尼腔比现在还更重些。

我说，她不在。我以马来语回答她，我妹妹不在。然后就一头栽进书里。

不过就算想起那次短促的会面，我对她的了解也依然一片空白。她为什么会站在这间屋子里——揽着顾客，招呼她们坐下？她是来打工的吗？——不是，因为我听见他们这么谈论这栋房子。她们问："这间厝多少钱啊？"旁边的老太婆说："一百多千。"她们惊叹了一会："喔，真值得，是永久地契吗？加上利息又多少？"理发师就插嘴说："没有利息，是现金买下来的。""装修花多少钱？"理发师又答："将近四万多呢，你们看，这里，原来是房间，墙壁本来在这，我打掉它，才改成这样宽。"——她回答得就像个主人，所以我知道这栋房子是她的。干净、崭新、宽敞、雪白，而且还有个院子。因为有这栋房子，她自己的家，所以她不是什么人的女佣，也不是餐厅里侍者或小贩档的工人。无人聘请她。其他人也没对她颐指气使。她看起来像老板娘。不，她确实是老板娘，因为一个人没有理由不是自己的老板，假如她是在自己的房子里干活。起初我不懂老太婆跟她什么关系。不知她为何会拥有这栋房子、拥有这一大片滑亮的镜子、这一排滚轮椅子和烘发机、崭新的装潢。我也很惊奇她竟然可以买得起，我到现在还无法买得起房子。

当别人讲笑话时她也会笑。听到柠檬水镇的新闻，这位印尼来的女人也能轻轻松松地答话接腔，比我更像属于这里的人，我倒像是听故事的外人了。她仿佛跟其他太太们一样，孩子、家婆、丈夫都曾属于同一个小镇。我太久没回来，柠檬水镇的人我很多都不认识了，许多名字听着也觉得陌生，完全不了解这些事情的来龙去脉。在室内一角，有一张贴满钞票的桌子，桌上摆着一个收音机。这个收音机只比手掌略大。我开始玩弄起这架收音机，试着调弄接收频道的指针，播音器像一张弹性变形的嘴巴，时而清晰，时而闷着模糊地沙沙作响。

她们谈的都是些无聊事。谁的孩子赚了大钱、谁被老千骗、谁生病住院、谁家被窃贼破门、谁借钱、谁欠债、谁帮谁还债。大抵如此。只字片语钻进耳朵，又随着分针嘀嗒流走。她们一边说话，一边瞄着镜里的自己和别人，神态自在，说长道短、高谈阔论，时不时还伸手拨弄自己的头发。我却难为情起来，于是就移到看不见自己的角落里。

或许因为无聊，我开始幻想在场的人有一些迟早要抖出来的秘密。我匆匆地听过上午新闻、流行歌曲的零星片段，同时竖起另一边耳朵听她们的家常闲话。她们的声音掩盖了收音机寻找频道时的杂音。于是我不再调弄收音机了，让它自个儿在角落里不清不楚地响。

收音机简短地报道一则寻人新闻。几年前，在柠檬水镇也有一个男人失踪了。

理发师把一张白色的大毛巾铺在妈妈的肩上，从镜里观察妈妈的头发。

妈妈说："这么大只的人，竟然会找不到，真奇怪。"

"对哟，是很奇怪哩，这么多年都找不到。"理发师说，一边用手摆弄妈妈的头发，"你想要怎样呢？要不要把刘海也弄卷？"

"随你弄，最重要的是把我变漂亮就行了，哈哈。"妈妈说。她盯牢镜里的自己，那么专注地看住镜子，仿佛已经深深地沉入镜中，似乎留在镜外的是她的分身，而这具分身会帮她在这个世界里应付人生。

“若是喝醉酒跌进河，至少尸体会浮上来，要是人死了被埋在啥咪[1]所在，只有看天意才会找到了。若是人活着还匿在啥咪地方无回来，不如当他死了更轻松。”旁边的女人这么说。

“有人说他出国躲避去了。”

“不是。出国躲避的那个，不是他，是阿驼。”

“阿驼是去泰国躲债。”

“到底一个人失踪要多久后，警察才不再找了？”

“唔知[2]，真要伊[3]拢[4]去找时，伊拢就不会去找。不要伊拢的时候，伊拢就会来找麻烦。”

理发师说妈妈的头发太脆弱了，如果用一种新出的药水，就不必电烫，也不会伤头发，“好不好？加多二十元罢了。但要花久一点时间。”

她说着就自然而然望向年长的女儿。我唯有点头，咧嘴笑，说：好，可以，没问题。

镜里的理发师脸现欣色。

“我们不赶时间。”我说。

的确，我们两人暂时都无事可干。妈妈已经不再需要

1　啥咪：闽南语，意为“什么”。

2　唔知：不知道。

3　伊：第三人称代词。

4　拢：闽南语，意为“都、全部”。

忙着给一家大小张罗午餐。我也已经闲置了大半年。那些曾令妈妈忙碌的人已经走出她的生活，连我也只是偶而回来晃晃。暂时就待在这里，看着镜子吧。让我们一边看着镜子，一边跟镜里别人的倒影说说话。不过，只差那么一丁点儿，现场就像煞一部电视剧，小时候看过的，在国营电视台播放。演员以各异的语言念台词，好像都在说着同一件事——说好像，因为我没能完全听懂，不能确定。那时我一直不明白为什么他们必须那样表演。但现在我发觉现实里人们原来真的可以这样交谈。当然不是以那种昂扬顿挫的音调。也许人只有吵架时才会那么说话。

在隔壁那条街上，有一场葬礼在进行。有个女人刚从那场葬礼离开，她告诉我们，那真是让人心酸的场面，那家人的小女儿自杀死了。一年前大家才刚出席她的婚礼。

"说是患了忧郁症。"

"那她老公呢？有没有来？"

没有，他并没有来。这真奇怪。她们猜测原因。她们说一个男人有钱之后养起小老婆，真是一点都不奇怪。男人不会动辄为此离婚的，他们不会那么傻。但做人老婆自杀就真是太傻了。

"生命比较重要啊。"

她们斩钉截铁地说，然后又一同感叹。一想到这种不幸，身心就颤抖起来，厄运比幸福更让人激动。

我可以看见理发室的门窗在我背后紧紧闭上。滤光玻璃把阳光隔离在外，使室内阴凉柔和。室内是干净粉白的墙壁，地上是望之悦目的蓝白色瓷砖。不知为何，这个地方太新、太宽、太大。米色的沙发毫无磨损的痕迹。外头连一张招牌都没挂。这间开在住家里的发廊并没有执照。真的吗？你没有执照还敢开幕？有人这么惊讶地问。我这才注意到屋子外摆放着几丛别人送来的鲜花。

我想在自己家里热热闹闹请客有什么不对？理发师说。

发廊看来什么都不缺。有一辆可以拖来拖去滚轮的三层架小推车，推车上摆着一个小工具箱。工具箱内有各种尺寸的削发刀、梳子、发夹。室内一角还有一台洗头用的躺椅，头枕处接着一个白瓷水槽。墙上也贴着一般发廊可见的海报。总之，这里一应俱全，应有尽有。我感到奇怪。假如警察找上门来，偌大一间理发室根本就藏不起来。

时间穿过头发，沥沥流向水槽。

从镜里可以看见她们，她们分散坐在靠墙的折叠椅和沙发上。没有任何一个人愿意坐到镜子前面，仿佛那些新椅子一坐就会碎开。妈妈两旁的椅子都空着，就好像她一个人被推出去坐在台前表演似的。

"你男人死去多久了？"老太婆问妈妈。

"刚好有十年了。"

　　"那真了不起，"老太婆说，"一个人养大孩子真不容易。"

　　妈妈的眼睛几乎从不看镜里的旁人，她只是专注地观察她自己，有时候我好奇她自己从镜中看到的脸，和我平常所见的有什么不一样？她应该有一种美丽的神态是希望大家都能看得到的。

　　"大家都说我一个人把孩子养大，真厉害，"妈妈又说，"好家在[1]没再嫁，否则就唔知安怎[2]面对囝仔[3]。"

　　理发师没有接话，她低头看着妈妈的头发。不知为何，这个印尼来的理发师从不看镜子，就好像镜子对她完全没有吸引力，只是为了工作，她才不得不勉强偶尔抬头看它一下。就算她抬头看着镜子，盯着的往往也是顾客，是别人，而不是她自己。灯光在她的眼睛下方投落阴影，长长地划过脸颊。她用手指绕弄妈妈的头发，一小绺、一小绺的，用许多根小小的橡皮发夹卷起来。手指沾了护发液，穿过枯黄的头发。指甲和发丝似乎越搓越长。

　　妈妈依然看着镜子，或者也没真的看着。或许她想听收音机播放的天空剧场，但遥远的故事不比隔壁某人的故事动听，你所认识的人背后藏着的故事总是比较有趣。

　　老太婆转身进厨房端出一大盘牛奶果冻，忙着请屋里

1　好家在：闽南语，意为"幸好"。

2　安怎：闽南语，意为"怎么"。

3　囝仔：闽南语，意为"孩子"。

的女人们吃甜点。我没吃，因为冰冷的食物总让我觉得难以下咽。其他人都吃了。

后来，理发师这么对妈妈说："想要的话，您也可以出去玩啊。"

"去哪里玩？要有钱才能出去玩。"别的女人说。

"跟阿霞的契妈[1]出去玩。"另一个女人说。于是大家就哄然大笑。

"我听说她每隔两星期就去夜总会。"又有另一个女人说。她过后转头跟我说果冻好吃，叫我也吃一块，上面洒了甜醋，又酸又甜。

"真吓人，五十岁的人了，还穿牛仔短裙，学后生摇头，摇阿哥哥。"

"真的很厉害。"理发师就说。

"给别的男人抱来抱去，"有人说，"完全冇担心，伊囝仔安怎想。"

"每个人想法都不同，"妈妈说，"玩归玩，不要沉迷过度就好，否则哪天会被人骗了。"

"像我小叔的朋友的某，就给人骗走了几十万哟。"

"可是也有男人沉迷过度呀。"有个女人说。

"这就是他们自找的啦——家破、人亡，妻离、子散，

1　契妈：干妈。

欠债、破产。身败名裂。"

"哦，就像那个老德的囝仔。"

"真是个败家仔。把老爸的家伙赔光了，害得伊老爸去租鸽楼来住。"

"老德老了好多，全部为了囝。"

"伊囝自己却跑到英国去洗碗。"

"当他失踪也好。"

"哪里会，就算烂泥巴也还是心肝头。"

理发师用一条白色的毛巾把妈妈的头包起来。我想一定是因为空调太冷，她的手有点发抖，毛巾打结了好几次。我也很冷，而且有点饿了。

话题又绕回隔壁葬礼那个死掉的女人身上，她们说她死得真可惜。"哪只猫儿不偷腥？哪个没在外边走私过？""只要他给钱给家用，那他心里就还有老婆和孩子，就算是好男人。"

"不要吵，当着自己什么也不知道。""那种事情不过是一时的迷恋而已，不会贪恋太久。"就像幽灵般在墙壁间呢喃："不要想不开。""不要钻牛角尖。""不要说破，他不说，且装着不知道。""要学习只眼开、只眼闭。""这样他最后还会回来。"

"我还要等很久吗？"妈妈问。

理发师对她点头，"是的，等多一会。大概半个小时。"

她走开了，一会儿提着扫帚回来，那一大片在地上撒开的发丝，如同一张网那样给收回来，留下白光光的地板瞪着我们。

"你们都不剪头发了吗？"妈妈问。

大家摇头。

"万一不幸，这种迷恋拖上很久，有些男人就是会把小老婆带回家。那时候难道每个人还能装着不知道？"有个女人问。

"我冰箱里还有别的糕点，你们要不要尝尝看？"老太婆蹒跚地站起来说。

有个女人低下头看看自己的脚，说："看看我的脚，也不知道怎么回事，它又肿了。"

"按一下看有没有手指印？"另一个女人建议她，"若有的话，那就是水肿了。"

话题像泡沫一样散开了。给我食谱，有人这么对老太婆说。老太婆则说，来，再试试我这盘牛奶果冻。

理发师沉默地扫地，她走过镜子前面，把每一张理发用的空椅子都摆正好，每次都站在椅子后方看牢镜子一会，就像视线里头有一条隐形的绳子帮她测量家具。她没再插嘴，似乎心情变差了，显然生意并不怎么好，没有其他女人要理发，她们都是来聊天的，我妈似乎是这个上午的最后一个客人，镜子前的四张椅子都还是空的。也或许因为她开始听不懂别人在说什么了。有时候我也会这样，疲倦时就会忽然什么也听不懂了。

不管什么原因，她完全哑了，连半句印尼腔的马来语都没再听到。仿佛她已经完全隐遁到墙内，空气里再也没有她发言的余地。

才刚过了十分钟，妈妈对我说："我还得等二十分钟。咦，她去了哪里？"

"不知道。"

对，她确实不在这里。四顾不见她，她真的不在了。我没注意到她何时不见的。但我也注意到之前所忽略的小东西，比如说，从镜子里可以看见天花板垂下一盏灯，灯罩上有几只蝴蝶，它们飞在一朵金光里。我刚才根本没注意到有这盏灯的存在。灯光在地板上投下一圈光一圈暗。我敢肯定这灯本来是不亮的，当它亮起来之后我才注意到它。

大家的注意力又转回头。原来的话题又活络起来。

"阿乌的家，现在就是这样。同住在一间屋子里，你装着看不到我，我装着看不到你。有东西被搬走了也装着不懂是谁搬的，窗口破了不晓得是谁弄的，房间有人闯进来，抽屉被别人翻过，衣服不懂被谁剪破，锅里的鸡汤加了料变成清洁剂汤——整间屋子活像在闹鬼。"

"就算是这样，"妈妈说，"生活也要继续过下去。"

头顶上的那盏灯亮了又暗下来。灯罩上的那只蝴蝶变得黯淡了。我想有个顽皮的小孩藏在哪里玩弄电灯开关。

我认识她们说的这个阿乌，他个子矮小，在我家附近开了一家摩哆修理店。人们说他小学没念完就辍学，因为头脑太笨。人们也说他甚至写不出自己的名字。但只要有人嘲笑他的第一个老婆是多么愚笨又不懂事的时候，他就会叹气，就会笑，他会说：你们说得对，她真没用，什么规矩都不懂。我明明给她吃，给她穿，她还在家里闹，我都没闹。她真是没用，她就是想不开。

"阿乌其实有点笨，是不是？"

"阿乌的妈妈很喜欢阿乌娶回来的小老婆。"

"她到处跟人说，说小老婆勤劳，而大媳妇很吵。还说，只有媳妇在吵，儿子却很乖，一点都不吵。"

"这是什么话？讲了也不恶心。"

"就是这样啊。"

世上的事情就是这么奇怪，这样恶心地重复着发生。我听着生气起来，有特权的人当然不需要吵。当那种让人气昏头的嗡嗡声不分日夜地在心里萦绕不去时，你会想要叫喊好把它呕出来。可是有特权的人听不到这种声音，他们好端端的什么也不会听到。

"要不要喝点水？"

老太婆递给我们每个人一小杯矿泉水。用吸水草[1]戳穿杯口上的塑胶套，大家闭上了嘴。

很久以后，理发师才冒出来，她再出现时换了一件衣服，紫红色的上衣镶着亮珠片，重新描过唇线，像准备出门。已经过去半个小时了，妈妈提醒她。理发师就说，是的，你的头发就快弄完了。

她走过来站在我妈背后，小心地拆开一绺头发，头发又松又散地垂下来。我坐在侧后方看得很清楚，同时在那一刻感觉到她的惊慌。有一根发夹掉在推车上的盘子里，发出清脆的哐啷声。

我想别人也看得很清楚。没有人冒失地开口说：头发根本没卷成，失败了！没人这么说。事情都是在隐瞒不住时，才说出口的。妈妈的头发从后面看来有够糟，但从前面是看不出来的。我有点心疼，但心想还是先别出声，她会有办法解决。假如她想要出门，那么她必须先弄好我妈的头发。

理发师脸上没有笑容，我以为这是因为她紧张的缘故。她的双手飞快操作，就像赶着交卷的学生振笔疾书。她花了十来分钟，把每一绺头发重新卷过，抹上一层更浓的塑发膏。最后再度用白色的毛巾把妈妈的头包起来。

1　吸水草：吸管。

"是不是还得再等？"妈妈问。

"再多等半个小时。"理发师低低地说。那副样子极累，我有这样的一种感觉，她明明还很年轻，可是她脸上的阴影仿佛却将永远留在那里，那眼睛底下除了阴影就别的什么也没看到。

"你很适合烫头发呢。"有个女人对妈妈说。

妈妈闭目养神，或许她真的想睡了。我觉得自己又冷又饿，心想她这钱其实也真不好赚，一伙人饿着肚子干等。窗口上有抹深深浅浅的阴影在晃动，产生了一种错觉，仿佛自己正从户外观看别人的生活。有时候，我会搞混收音机传出来的声音，比方说，究竟是剧情或救护车（或警车）刚刚经过了路口，这点我分不清楚。

天空剧场结束以后，一段轻音乐在空中跳动。有个播报员起劲快活地说：亲爱的听众，现在已经是十二点三十分了。在场的女人一一起身，说她们必须回家弄午饭了。

来闲聊的女人都走光了。老太婆从厨房里钻出来。

"什么菜都没有呢。"老太婆对理发师说。

理发师拉开抽屉忙着找东西。我们看着她紧张兮兮地拉开一个抽屉，关上，又拉开另一个抽屉。最后她终于放弃。

"我要出去载孩子，顺便买菜。很快就会回来。"

　　她抓起手提袋就走了。我们三个人像主人一样站在门后，看着她跳上那辆红色的灵鹿。她蹬着一双银色的细脚高跟鞋，动作却快得像在逃离一间鬼屋，也许这是我的错觉：这是她第二次从我们的面前消失。车子像脱困的鹿一样欢悦地飞奔离去。

　　时间，时间。时间是头发。光和镜子。瞌睡与打盹。沉闷的午后，叽里叽噜的收音机。

　　"唉，我是不是糊涂了，我都不记得我们到底等多久了，"母亲说，"我们到底等多久了？"

　　"我也不知道。"

　　"她还没有回来，好像正午刚过就出去了，是不是？小学生不是一点半才放学吗？"

　　"我不知道。也许学校远了一点，也许她还要先去买菜才去载孩子。"

　　"不懂要等到多久，她才回来。你饿了没有？"

　　"没有，我不饿。"

　　"你看什么？"

　　"钱。"我随便说说。我在看一张桌子上的钞票，似乎那些有点钱的人都喜欢收集一些钞票，把面值小的钞票装裱起来当成装饰。大约有数十张东南亚各国的钞票，一令吉、五比索、三百泰铢、五十万印尼盾，诸国元首、国父、历史伟大人物的人头图像，全都平整温驯地压在玻璃底下，填满了整张桌面。钞票上的人头在玻璃下仿佛永恒而庄严地微笑。他们的眼睛似乎在看着无人所知的某处，超出这间屋子之外，那些他们允诺要带我们到达的远方。

母亲瞄了一眼这张桌子，"这里很冷。"她说。她缩了缩肩膀。"你不冷吗？再等下去我会冷死掉，我要出去外面晒太阳。"

她头上还裹着白色的毛巾，就推开门走出去了。

当老太婆从厨房回到客厅里时，只剩我和她两人在理发厅里。她告诉我，桌子上那些钱都是她儿子收集的。

"我儿子以前去过很多地方，这些钞票是他四处在国外做生意时收的。"

"那你儿子呢？"

老太婆猛然转头看我，她有点矮胖。污漫的双眼里除了惊讶，还有点别的什么，我说不上来。

"你没听过吗？你真是什么都不知道呀。"老妇人眼睛忽然湿润起来，"他是撞车死的，喝醉了，撞到大树上。"

刹那间我不知道该说什么。

"你看看这房子，就是用我儿子的保险赔偿金买的。这房子也是我媳妇和我孙子的。"

"你的媳妇——？"

"就是刚刚那个帮人家剪头发的查某[1]啊。"她压低了声音说，"她是我儿子的小老婆。"

我知道自己无须再问下去，我只需要听着。虽然我一直装着没有兴趣知道。也或许她纯粹想跟人说说她的儿子，就像许多母亲一样，她们愿意把往事从心肺里掏出来讲给陌生人听，仿佛只要有人愿意听这个故事，死人就会活回来。

"他以前在印尼做生意时带回来的。他还有个大老婆一直住在新加坡，本来什么都不知道。他死了，她才匆匆忙忙从新加坡赶过来。她一过来，看到这情况，就立刻吵，发脾气。好凶啊，五十多岁的人了，还发脾气冒火，气得不得了。可是没人要跟她吵，她就把小姨赶出门。"

她安静了一会，不停地眨眼，想控制泪水不让它流出来。

"我们都劝她算了，有什么好闹呢？给谁看呢？人都不在了呀。"

"我儿子，对小老婆可是很真心、很好的。"老太婆说。

这栋宽敞舒适的房子回报了理发师的青春，当她在那个遥远的城市跟着他时，她还少不更事。这栋房子很美。正午的阳光很亮，紫红色的九重葛从柱子爬到屋顶上去，

1　查某：闽南语，意为"女人"。

像要把屋子压垮。一排橘红色的天堂鸟开得灿烂，有种违悖常情的欢乐似乎藏在肥美的叶子和花茎里，等待剪刀把它剪下。

　　我们当初进来时按门铃。老太婆带我们沿着院子里的篱笆内侧往里走，然后再从侧门进入理发室内。很少人会注意这扇小小的侧门，因为它被晒衣架和美人蕉挡住。就算你偶然走近了，看着它也像是在看着一面蒙灰的镜子。你可以看见这扇滤光玻璃的表面上反射出茫然的光，寂静的街道流淌在玻璃门上，你会觉得看不透里头是什么样子。假如警察走过，他们只会看见自己的制服和警徽映照在上面，而这真是既如实又迷惑。人们根本就不会想要看穿这些如镜的门，在门后有一面又宽又大的镜子，以及几张空空的椅子。理发室内总是摆放着多余的空椅子。她把这个地方隐藏得很好。当然这很普通也很平常。在住宅区里，由于艳阳耀眼，很多房子的窗口也都是这个样子。只要我们把门推开，就可以听见模糊的诵经声从隔壁巷子的葬礼嗡嗡地传过来，那里给死人的祈祷未曾停顿过。我想是有一台播音器在鲜花丛中一整天播放。

原刊《星洲日报》，二〇〇九年三月

箱子

安雅弯下腰来，拉开缝纫机旁边那个矮橱柜的门。这个橱柜几乎和她一样老，透明的塑胶门泛起了点点黄斑。门框的滚轴由于累积了不少灰尘颗粒，推开时得分外使力。今天，她打算清理柜子内那一堆杂物。里头有个木箱，箱里原本装着一台老式唱机。大约还在九年前，那里常转着黑胶唱片，老歌常伴主人踩踏缝纫机的辘辘声响。现在唱机已经不在了。一百多张黑胶唱片也和唱机一起卖掉了，随着主人的离世一并成为过去。她使劲把那个木头箱子往外拉，看见里头都是一些不知始自何年何月就堆积的零头碎布，竟全无印象。箱口边缘粘着一把蛛尘。当初不舍得送人，现在却想把它拖出来丢了，好腾出空间摆两大包塑胶拖鞋。

木头箱子比她想象中来得重，或许因为得弯腰之故，不好使劲。她的米色裤子上下沾满了灰色手指印。最近这两年，安雅越发懒得清理屋子，她太忙了。橱柜之间和平时碰不到的角落结满蛛网，店里的货物都盖着一层薄薄的尘埃。进来的顾客甚少介意，他们也经常灰尘扑扑满脚泥浆地走进来。安雅从没为此烦过，尘埃、泥沙、蜘蛛、壁虎，它们总与生活同在。从前大胖手抓剪刀一挥，布料在柜台上摊开又卷起，就把尘埃都掸开了。现在只有她一人，那么多的灰尘，扫也扫不走，不管了。

她从橱柜玻璃的倒影看见林木头来了。每隔几天，林木头会带一扎青菜进来。菜市场收档以后，他就出现在这里。这件事很一厢情愿，安雅不记得自己什么时候跟他预约过要留菜，不过，由于他每次带来的菜都很新鲜，而且价钱便宜，她就要了。

她一边跟他打招呼，一边撑着那个木头箱子，那箱子已经给拉出一半，和地板形成了个斜斜的角度。

平时林木头把菜放在玻璃柜上，拿了钱就走。今天，看见这情形就不能不帮忙。

"我来、我来。"他大踏步过来，推开旁边的缝纫机、卖鞋的柜子和藤椅，然后张开脚伸长两臂，想要从里头把那个肮脏的箱子弄出来。

安雅立刻让开，那箱子就有一半悬在柜子外，"我自己来可以了。"

"不用客气，这箱子很重的。"

林木头也很惊讶，这箱子比他想象中沉重许多，没想到眼前这个残旧的橱柜竟可以承受那么重的箱子。半倾斜拖出来的木箱，仅靠林木头的一边腿撑着，看来很是岌岌可危，安雅立刻移向左边，扛起此刻沉下去的那一端。两人累得满头大汗，才把那个箱子弄出来，小心翼翼摆在地上。

"里面是啥咪啊？"林木头忍不住咕哝了一句。

她也弄不清楚自己到底放了什么东西在里头，乍看都是碎布。牛仔裤布、西装料、绒布、棉布、人造纤维料子，一翻动就扬起灰尘。林木头不禁打了喷嚏。

安雅走到钱柜后面掏钱。

"一块半。"林木头说。

安雅递给他两个硬币。他拿了钱，忍不住说："你力气也挺大的。"

林木头在玻璃柜子后面的椅子上歇息一会，晨光透过帘隙，一线线地亮，一阵微风吹来甚是舒服，麻雀在屋檐下喃啾。靠近河边，有一棵杠果树，一些花，一些菜。镇上无甚地方可去。他并不认识以前这家店铺的主人。他开始骑着摩哆到这里卖菜时，大胖已经去世好几年了。如果这男人有在，他们也许会聊上几句。安雅专注地收拾那堆垃圾，并没开口说话。一会儿林木头看到邻居的太太走出来，好奇地探头窥脑，就起身离开了。

木头箱子原来有个盖子，不晓得丢到哪里去了。从前在那盖子上，曾经摆放唱机，唱盘上有支唱针自外往内移。就算录音带流行以后，大胖依然每天保持听唱片的习惯，以及享受地做着一些小动作，比如拿一块丝绒布细心揩唱片表面，仔细察看唱片上的纹路，才收进封套里。他的唱片累积了百多张，占据三个抽屉和一个橱柜。安雅记得他所有的老习惯。结缡卅载，他俩的改变似巨又微。从婚前就开始使用的缝纫机、橱柜、唱机、挡日光的竹帘和屋内的老家具，这间屋子在将近半个世纪的岁月里改变甚少。若说有什么大改变，那就是大胖死了，她变成一个寡妇。这老房子变成她的家。

　　木头箱子摆在那里，一整天安雅都不再去搅弄它，顾客来来往往，有些小孩好奇地探头看进那箱子里。有的小孩想把头埋进旧布料里，被大人喝止。一些顾客想找地方坐下来试鞋子，觉得那箱子碍事，索性和她一起把木箱推到鞋架后边去。端张矮凳子过来，木头箱子成了靠背，没有人介意它脏兮兮的。

　　"头家[1]，今天带的钱不够，刚好只有十五块。"

　　安雅看看鞋盒子上自己手写的两个字："同合"。同、合、华、平、安、大、小、长、双、打，十个家传密码，标明进货的原价，这密码由她家公家婆那里传下来，大胖又教给她和孩子，外人不会懂得个中秘密。"同合"意味着本钱是十二元。现在这意思只有她懂，她的孩子、大胖的兄弟全都忘记了。

　　"呃，我也只赚一点罢了。下次钱带够了，再来。"

　　"不能赊账吗？"

　　安雅勉强点头。"要记得还我喔。"她转过身，在橱柜前挂着的白板上记账，"不要告诉别人我让你欠。"

1　头家：闽南语，意为"老板"。

对方满意地微笑。离开前又好奇地问她："你后面煮什么，怎么那么香？"

"我没煮东西。"安雅说。

自从孩子离家以后，安雅就不再弄午饭了。她没多长一双眼睛看店。还在不久以前，大胖顾店，她在后头煮饭，慢条斯理地弄，饭煲呼噜呼噜响，爆蒜葱香弥漫整间屋子。但现在她觉得最实际的做法应该是搭伙食。每月五十五块，两菜一肉的午餐饭格就送到面前，她可以一边顾店一边吃，顾客一来就把饭盒盖起来推到报纸后面去。通常她只吃一半，另一半留到晚餐。假如肚子太饿，把午餐吃光了，晚上才另煮菜烧饭。

箱子发出一种非常陈旧的、仿佛雨后铁钉散发的锈味，但闻久了又若干草般清香。若有若无地荡漾在店中央，安雅觉得那种味道有点让人上瘾，让人不由自主地去嗅它。有些顾客体味浓烈，甚至淹过了那股莫名的味道。有个年轻人来买烟，香烟是一支支地散卖。他跟安雅借了打火机，呼出浓浓的一口，浓烈的万宝路立刻缭绕整间店铺，他陆陆续续买了鞋带、袜子和一张包裹礼物用的花纸。安雅包扎货物时，看见他斜倚木箱，漫不经心地把烟蒂弹在地上。

安雅有些麻木地看着，她还不知该怎么解决那箱东西。她想，应该要快手快脚处理它。可是等到没人时，她又觉得自己应该去上厕所。

一个人看店就有这种麻烦，她经常长时间憋着。为了减少上厕所的次数，甚至也减少喝水，导致便秘。后来女儿警告她喝水不足会患上肾结石。但她每逢离开店面到屋后喝水、按电流开关开盏灯或风扇什么的，都会觉得不安，害怕有小偷乘她不在时进来偷东西。有一回她的女儿顺手把手机搁在屋里中堂的祖先神台上，隔一阵子想用时，才发现手机不见了。

她上个厕所回来，又嗅到空气里那阵干草香般的味道，像蛇一样盘绕店里。她靠着木头箱子坐在小凳上，越近就越熏人。她吸着，觉得满腔芳香，浑身舒服。她唏嘘不已，恍惚间似见大胖晃过眼前，但脸孔朦胧。他对她说话，却听不明白。她焦急起来，想说，大声点，我看不到你。可是这话哽在喉咙里怎样也吐不出来。

"喂，头家。"一个马来小孩叫醒了她。

傍晚六点钟，她撑起两扇厚重的木门。这种木门，别人家都不再用了，人家的门都是轻巧拉动的铝门配上铁花窗，她也希望能换上铁花门，要上厕所、要睡午觉或冲凉，把门一拉就行了，哪像这种木板门。这木门从她家公那时沿用至今，大家都说，她家的门是整个镇上最老的老古董。家里有一张家婆和家公的合照，相片中的家婆才二十岁，她穿着唐山装，家公却西装笔挺，面目清俊，很难相信那样的一个人后来会猛吸鸦片。在他俩背后，就是一块块嵌得笔直的木板门。想来老人家当年从中国南来之后，辗转落脚在亲戚家里时，这门老早就在了。

　　安雅小心翼翼地把木门插进门槛的缝里，弄完以后，她挥一挥手臂，觉得还真的有点抬不起来。连原来住得最久的家婆都不想再扛这门了。她每天早上把这两扇木门从门臼上扛起来，搬到两侧靠墙拴牢，晚上关店时又把它搬进门槛里整齐地排列。大胖走后，安雅就独自扛这两扇门，这木门厚厚实实的，也不知有多重。她觉得自己的力气不小，年轻的女儿们没有一个可以把这门扛得起来。

　　应该要打扫了，安雅想，不然她回来没地方坐。但是，好疲倦啊。安雅就只能那样子坐着，看着斜阳穿过门前的树木慢慢在石子路上巡移。一整天卖东西、点货、补货、记账，已够累了。由于不必再负担孩子，钱的周转要比从前宽松，所以她反而比大胖在世时添加更多货物，越来越多货物从店面涌向屋子后方的饭厅和厨房，占据那些无人坐的沙发座位。货物淹没了大部分空间，她每天只需要打扫一小块地方就够了，剩下的就留给老鼠和蟑螂。

　　二女儿回来了。白色的车子泊在门前，提着大包小包跨出车外，"我买了马蹄酥给你哦。"她说。

　　她一进屋就打喷嚏。"什么味道？"她一边问一边把行李扔下。关上门以后，那种干草一样的味道就更浓了。老二的鼻子不算灵敏，但一下子就转到店面去，而且发现味道的来源，哇哇怪叫起来："几时冒出这老古董？不是早丢了吗？"

安雅没有听到这句话。她在后头下厨煮晚餐。老二盛了一桶水开始抹台面。安雅出来唤她吃饭，看见店里地面上湿漉漉的一片。她蹲在那个木头箱子前，挖出箱底一块块黑麻麻之物，嗅了嗅，疑惑地问："这什么渣呀？"

安雅看了老半天，"唔知。"

"我还以为家里没有这种箱子了呢，看起来挺好的……"

安雅说："你要就拿去吧。"

老二却很疑惑，"可是，你不是以前就卖给那些收旧货的印度人啦？"

安雅不记得自己什么时候曾经把它扔掉过，人老了，自然有很多事情就记不住，可是嘴巴还是说："你又不在家，厝里的事你知多少？"

稍后两人沉默地吃饭，只有电视连续剧在响。桌上都是林木头今早带来的蔬菜，红萝卜和青菜花。她花了心思把萝卜切成花片。两人偶尔看一下电视。广告时段，她们有一搭没一搭地聊。老二问的东西，她不感兴趣。她问的问题，老二又不怎么想答。

"你吃菜很少。"老二问。

"老了就吃很少。"安雅答。

好一会儿，安雅问："你做工是不是都讲英语？"

"是。"老二答。

"老叫什么?"安雅问。

"叫噢——"老二答。

"ㄡ[1]——尔——!"安雅拉长了声调。

老二继续扒饭看电视。

"怎么跟条老狗一样。"安雅说。

那天晚上,听着老二躺在床上均匀的鼻息,她却辗转反侧难以成眠。凌晨三点,她起身小便,听见店铺前头有声音。她倾听半晌,听起来像是老鼠磨牙,怕老鼠啃她的货物,就提了手电筒走到店铺前头去。

黑暗中,什么都看不清楚。温热的空气里飘着一股香味,该死,这味道会不会引来老鼠?手电筒光不够亮,她沿着柜台、一排鞋子、塑胶鞋、一堆箱子探照下去,一切并无异样,直到她看见了木头箱子。一瞬间,她的意识似乎还沉睡在昨天、前天,奇怪地想,怎么家里这东西还在?黄光继续晃了晃,照向大门,大门关得紧紧的,黄色的一团光又掠过水泥地,看见了地上的裂缝,那里藏的尘垢永远扫不干净,小孩子却喜欢伸手挖,仿佛里面有宝藏。她皱一皱鼻子,嗅到那阵香味像蛇一样舒展开来。电光火石间,她忽然懂得女儿看见这东西的惊诧感,这箱子确实

1　ㄡ:注音符号,读音近似汉语拼音 ou。

早该丢了呀。回忆刹那间苏醒，她打个寒噤，转身回到卧室躺下，拉上被窝。

她再也睡不着，慢慢地却觉悲从中来，眼泪泛出眼眶。她不断在心里跟自己重复地说，我不要一个人，命再长也无甚乐趣。夜晚木板很凉。她知道这声音不会收到任何回应。她不愿意跟女婿们住，她觉得女儿们的婚姻已经够多问题，她不要再为她们添多一个。孤独非常可怕，像冥冥中注定，未来看不出有什么转机。黑暗中，她觉得力气萎缩，现实极不如意，人生就是苦海无边。她想，假如一眠不醒，我不会有任何留恋。她直到接近天亮时分才迷迷糊糊沉入梦乡。

安雅被老二的叫声惊醒，看见房里一片阳光灿烂。她迅速爬起来，被女儿的叫声吓得心惊肉跳。快步下楼，跨过地上东一堆、西一团的货物，急急忙忙走到店铺去，看见女儿已经打开大门，呆呆地看着门匾上方的铁花通风口。那里已经被人剪开了一个大洞。

她跟女儿说起晚上的事。显然昨晚来行劫的是个无胆匪类，被她的手电筒探照的光线吓走。

"其实很危险。"老二说。

既然没有损失，警察的态度就轻松了许多。"都没有损失嘛，"说这句话的警察身高体壮、声音洪亮，"没有东西不见，也没有人受伤，我们还能做什么？"

　　他们的个子很大，使店铺显得很小。那个木头箱子卡在店里，使他们能走动的地方更窄。其中一个叼着烟，站在门槛前自在地吞云吐雾，眼睛一边盯着箱里的鞋子，有只落单的拖鞋掉在里头。他们都没穿制服，穿着家居的格子衬衫，宽松的衣服使他们看起来更魁梧。安雅从店内往外看，看见他们的身体背光，投射的阴影十分巨大，不时耸动着如大猩猩般圆厚的肩膀。

　　安雅听了他们的话，觉得很不高兴，但没说什么。

　　"你们已经非常幸运。"没有抽烟的那个说。

　　"没有东西被打烂，他也没有进来，"警察说，"呃，附近的甘榜[1]，小偷连户外水龙头的水表都要偷，那种东西值七八十块，已经偷了很多家，怎样查？最好值钱的东西不要放外面。"

　　他们在大门外踱步徘徊，然后又走进店里，抬头看看那个被剪开的大洞。其中一个丢掉烟蒂，伸脚在地上踩熄。他叉着腰，看了老半天，搔着下巴，喃喃地说："不赖嘛，连这样厚的铁花都被绞断，哼。"

　　他皱了皱鼻子，嗅到了一股使他很敏感的味道。他转头问她："嗯，什么东西呀？"

　　另一个也发现了，像狗那样耸着鼻子。他们走进店里，

1　甘榜: Kampung，马来语的"乡村"之意。

起初兴奋地东嗅西嗅，后来味道又渐渐淡了，有一阵风吹了过来。其中一个问另一个："这是什么？"

安雅心里烦起来，真讨厌，有点后悔，根本不应该叫他们的，这些混蛋什么都解决不了，净会找麻烦。她怪自己整晚满脑子都在想一些不实际的事，想得整个人迷糊了。正不知道该怎么回答时，却听见老二说："我们家的冰箱坏了。"

那个警察似乎很怀疑："是吗？"没等回应就径自走进厨房。安雅觉得一颗心在胸膛前乱窜，视线无法离开木箱子。她知道不该看那里，可是越是这样想就越无法调开视线。一会儿，那个警察就出来了，他对安雅笑着摇头："头家，冰箱不冷啰，菜都坏了，收太久不好吃啊。"

她一宽心，镇定了点。有些周末，孩子们没回来，她就不举炊。林木头挑来的菜在冰柜里越囤越多，连她自己也忘记了，冰箱里都是这些冻得干瘪瘪的番茄萝卜、白菜豆腐，挤得满满的。

"那就给你一些，你要不要？"安雅说。

两个警察觉得自己的工作做完了，就轻松地走了出去。其中一个还跟她说："其实，没有严重的事，也不一定要报警。下次，自己看看吧，假如损失没有超过五百元，那就算了。"

安雅目送他们过马路，消失在对街的另一端。两母女立刻动手把木头箱子搬进厨房。过程很辛苦，安雅得先把所有挡路的货物摆去一边，空出一条通道好让她们半扛半拖着走。

"我昨晚才想起来，"安雅说，"这个东西为什么那么重。这不是你爸装唱机的那个，是你阿奶留下的。"

"我们家有两个吗？"老二惊讶地问。她捧着头，像舒了一口气似的说："我还以为你上次丢掉了，却又不舍得，又偷偷去找它回来。"

"我哪会这么做？这屋子的东西多得要命。"

"你常常都是这样，什么都不舍得丢。你就这样甘愿住垃圾屋！"

"乱讲。"安雅生起气来，"你真啰唆。"

"我们家都是垃圾！"

"不爽就不用回来！"

女儿不再出声。

这箱子的材质确实不坏。"如果是你阿奶，就会劈了当柴烧……"

"家里整天跑出这些东西……"女儿说。

屋里住过那么多死人。

安雅敲了敲箱底内层的木板，那声音中空。木板钉得异常牢固，她觉得应该要找一把铁锤来撬开那些钉子。她在厨房里走来走去，一边走，一边还得拨开晾在铁丝上的毛巾和抹布。一拉开抽屉，蟑螂和壁虎就从暗处钻出来，四处乱窜。

别人家的厨房不像她家塞那么多橱柜。这些老家具都是大胖以前的叔叔伯伯亲手做的。假如把店里摆货物用的大型橱柜撇开不算，其他那些小凳子、烫衣服用的大长桌柜、拜祖先的神台，少说都五六十年以上了。那些木头又老又硬，非常坚固，磨得发亮，搬起来就和她早晚得扛的木门一样重。

"古早¹有卖掉一个，顶拜拆你阿奶的床时挖出来的。不知安怎搬到头前²去了……我糊涂了。到底是哪个呢，都忘记了，我把它想成是你老爸放唱机的那个。"

她终于从一个抽屉里找到斧头，警告女儿："你闪开一点。"

她们就开始拆箱子了。

原刊《蕉风》杂志，二〇〇五年三月

---

1 古早：闽南语，意为"从前"。
2 头前：闽南语，意为"前面"。

墙

　　我爸爸现在正疯狂地寻找隔壁的安娣，你不要以为他爱上了她。可是这事情你大概不会相信。反正小孩说的话很多人都不信，你不信的话我也不会意外。这一切都要从隔音墙开始说起。

　　当发展商说他们要盖隔音墙的时候，大家都说这是好事。因为这些年来高速大道不断扩建，越来越靠近屋子，以前高速大道距离屋子有整六十米，可现在竟然近得只要一打开后门，就几乎要被疾驰而来的汽车撞烂。

　　一天早上，一个七岁的女孩就在她家后门被车撞死了。发展商当天半夜开始在大道边筑墙。正确地说，他们其实是在砌墙。这是隔壁的安娣说的。她从楼上的窗口望出去，看见工人在马路边打上一层水泥，就这样叠上砖块，最后涂上水泥和灰水就成了。他们根本没打地基呢。她下楼的时候就这样跟丈夫说。丈夫正在看足球赛，当球射进龙门时，他模仿南美洲播报员的喝彩声兴奋地喊叫起来，因此没听见妻子说的话。

　　妻子并不意外，便又继续看马路边的工人砌墙。她觉得砌墙的人看起来都很瘦，个个都有气无力的样子。他们砌的墙看起来很厚，似乎可以藏起一个瘦子。隔音墙越砌越高，最后就遮住了她的视线。她在墙壁高过一楼时就入睡了。

　　第二天早上，这排屋子的住客都发现屋后的墙砌好了。

这道隔音墙挡住了阳光，使楼下的厨房和后院都变暗了。但是比起那个横遭车祸七岁女孩的死亡，他们觉得光线黯淡倒是小事。遗憾的是后门被堵住了，如今后门可张开的宽度只比一个大人的脚板长一点。这是可以容纳一只小猫或小狗出入的宽度，但要让一个人出入就很勉强了。

隔壁的安娣感到很不满意。这不就等于没有后门了吗？没有后门就没有了退路。她的丈夫也同意这点，就像一个人有嘴巴而无肛门一样，他说。但也渐渐习惯了。没有任何事物是不能习惯的。何况这又不是多痛苦的事，谁也不比那女孩的父母痛苦。那意外发生之后的第二天早上，他们就看见一具小棺材从那家人的篱笆门内扛走。几天后，那个母亲在门前点了火，就在一个铁皮桶里，把那女孩留下的衣服和书包都烧掉了。白浊的烟里尽是塑胶燃烧的臭味，弥漫了整条街。

她不记得他何时走出户外过。他只看荧幕上的足球场。窗户的光线暗下来。他们尽可能舒适地生活。

安娣膝下无儿女，她大部分的时间都待在厨房里。她只要把厨房的门闭上了就听不到电视声浪。高速公路的车子呼啸而过，那噪音把厨房的空间给填得满满的。隔音墙盖好之后，车声仿佛被胶囊包裹起来，听起来像是一个人把哼声闷在胸口里。一段日子之后她习惯了，一切不好也不坏。

　　隔音墙盖起来之后，她做的事也有点不一样了。隔音墙挡住了光线，使她觉得在厨房里读报眼睛也很累。她的注意力转移到厨房后面一块小小的像厕所那么大的空地上。第一周她种了仙人掌，后来又种了黛粉叶、君子兰、非洲菊和大丁草，把那块小空地填得密密实实。假如你有机会踏进庭院里，你也许会觉得诧异，那么窄的一小块泥地，肥大的叶子贴着地面蔓延，几乎连人立足的地方都没有。似乎正是因为隔音墙带来半阴的环境，土壤湿润使这些植物很茂盛。她又养了一缸金鱼。

　　丈夫很少进来厨房，他不知道她还养了一只猫。他以前患过膈膜炎，害怕猫狗的毛发。这猫是在隔音墙建好的第一天溜进来的。当时她尝试推开后门，一只斑纹猫就从那窄窄的开口钻进来。她猜想这只猫也许是这排屋子哪一户人家养的，被她开着的门堵着了去路而只好闯进来。猫一进来就毫不犹疑地跳上椅子，还会走到院子里大小便。她就舍不得让它走了。毛茸茸的斑纹猫，贴着她的心口好像是自己养的寂寞，她抱着它就不禁怜惜起来。

　　可是为了金鱼，她还是把猫关在庭院里了。不让它进屋子，但也不让它离开。猫常在庭院里睡觉，醒了就在那里绕圈儿踱步，饿的时候就倚着后门咪呜咪呜地叫。她小心地喂猫，不让它太饱。它饿了便特别需要她。她感觉到自己和猫之间像有一条隐形的绳子，它饿时那绳子就绷紧起来。她本来还真想找根绳子绑着它，后来又想只要注意把门关紧就行了。

一天早上她出去买菜，丈夫不知怎的走进厨房，打开了对着后巷、后院和厨房的三道门，然后就坐在客厅里舒舒服服地看报纸。妻子回来时发现鱼缸打破了，地上都是水。可是丈夫还是没事人一样悠哉悠闲地坐在客厅里。

鱼缸怎么破了？

丈夫抬起头来看她，没说话。

猫呢？

丈夫耸了耸肩。妻子瞪着他，看着他的眼神，那种一副事不关己的模样，她心里就有一团火。这火并不把人烧暖，而是把她的心一寸一寸冻成冰。所以她的语气比他还要冷，你舌头给猫吃了吗？

你说什么呢？爱养就养，又干吗问我呢？丈夫说完了就继续看报纸，从国际新闻翻到体育新闻。巴西胜了，他高兴地说。他热情的目光和语气并不投注在她身上，在她丈夫的面前仿佛有另一群隐形的听众，那才是激起他热情的对象。

她转身回去厨房里，慢慢地洗萝卜切菜。她慢条斯理地把猪骨和一大堆药材都丢进锅里熬汤，做完了这一切之后就靠着桌子坐下来。她觉得自己应该好好地想一想，除了想之外，别的什么都不必做。下午她弄了一盘鱼和饭放在后巷，把门打开，她就这样任门开着，反正只有比一只脚掌略长的宽度，人也进不来。她等了一天，猫还没有回来。她侧耳倾听，也没有听见猫的叫声。

隔了数天以后，她似乎又听见猫咪呜咪呜地叫，好像没吃饱。她坐在厨房里，却无法分辨声音的来源和方向。有一阵子，她怀疑猫就在庭院里，猫的声音似乎就从那丛茂密的黛粉叶和君子兰中传出来。但她坐在厨房里，任后窗和通向后巷的门打开许久，始终没见猫的影子。

她把门关上了。

某一天，她丈夫走进厨房看见她，他感到自己仿佛已经很久没见到她了。他怔怔地看着她，好一会儿才说：你变瘦了。她没反应，他就走到后门去。他原本想打开后门让空气流通，却在开门的一刹那皱起眉头：什么味道，臭死了，有死老鼠吗？他就砰的一声，大力地把门关上了。

丈夫离开后，她仔细地看了看自己，才发现自己真的瘦了，她走到后门处，发现自己瘦得几乎可以从那只比脚掌略长的门缝挤出去。她想这也不错，只要再过几天，她就可以从后门出去了。

几天以后，她就从后门那里出来了。她走在宽度只有半尺略多一点的后巷里，觉得新鲜畅快。把耳朵贴在墙壁上，感到整幅墙壁被高速飞驰的汽车震撼，摇晃如海潮拍岸，几千几万辆汽车在墙壁的另一边呼啸而过，引擎和车轮摩擦马路发出的声波，仿佛就贴着这道隔音墙滚过，就像血液在体内喧哗涌流。她把薄如纸的手掌贴在墙上，感到那震荡从墙壁的另一端传过来，拍击手上的无数血管。她把另一只手掌也贴在墙壁上，感到十根手指震颤如枯萎的黛粉叶。她缓缓地把身体靠在墙上，把两只瘦腿也贴上去，觉得全身颤抖得像一支被喇叭轰炸的天鹅绒竹竿。

　　她离开墙壁，继续往前走。她抬头看见天空，天空是不明朗的灰色。她低头看看地上，一片触目惊心的凌乱。她没想到这巷子竟会在这短短的日子里就累积这么多的垃圾。她看到里头有保丽龙饭盒鸡或鱼的骨头鸡蛋壳白饭面包粘成一团的菜肴铁钉衣服书包铅笔盒皮包砖块铲子卡带光碟碟子汤匙花盆玻璃瓶子枕头鞋子轮胎杂志报纸苍蝇。她忍不住想象一只猫是如何钻过这些垃圾的。面对这些垃圾，她开始觉得这里像个无人管理的坟场，四周横七竖八摊着腐烂的尸体。她想，她丈夫嗅到的臭味就是从这里飘出来的。

　　她踩过这些腐烂的垃圾，觉得自己的身体很轻，连保丽龙盒子也踩不烂。她特别注意轮胎里面，觉得那里可能藏着猫。她的身体很薄，必须慢慢地弯腰绕过轮胎，她怕折断了哪根骨头，她担心自己的骨头或许变得太脆太薄。这身体还是得靠这副骨头来支撑。这架构变得岌岌可危，她意识到这危险就藏在体内深处。

　　她不再和丈夫同房睡觉。她在厨房里铺了一张薄薄的床褥。薄薄的人应该睡薄薄的床。太厚而软的床褥使她难以撑起身体。但是正因为身体这么薄了，她比以前更清楚身体每一部分的感觉，胸前感到的冷热很快就传到背后去了，无论什么感觉都能迅速传遍全身。再也没有任何一个感觉是属于局部的。一切感受比以前更透彻，也更敏锐。她觉得这样也不错。

　　她继续找猫，但她发觉自己的记忆蒸发得很快，渐渐地越来越不肯定，那只猫额头上的花纹是四画呢还是三画？猫尾巴的末端是黑色还是土黄色？有时她甚至怀疑，猫失踪的那天早上她真的已经出门去了吗？到底是先养猫还是先养鱼？到底是猫先来了还是先有隔音墙？缸里本来就有金鱼吗？有多少只金鱼？细节她都想不起来了。但是，当回忆渐渐模糊时，她觉得自己变得没有那么难过，她甚至觉得自己真正地轻松起来了，说真的，这样也没有什么不好。

　　这天她像猫一样走进我们家了。我妈打开后门时，那扇门堵着了这女人的路。我妈本来正拖着一包垃圾打算往后巷里抛，隔壁的安娣却缓缓踏步走进来了。我和弟弟睁大了眼睛看着她如此轻松地钻进厨房里。我们从来没有看过有人瘦成这地步。我说不出来这个女人到底有多瘦，她简直就像个可以被夹进书里、藏在学校的抽屉里把玩的纸娃娃，除开她和我们一样高，而且她不漂亮。娃娃们都是金发碧眼的年轻女孩，她则又老又丑，脸上满是皱纹。

她的眼睛在后院溜一圈就走进厨房。她看见我和弟弟在厨房里玩堆火车头的游戏，就跟妈妈说，家里有这么可爱的小孩真是太好了。她虽然这么说，却站得远远的，并不走近来，仿佛怕我们把她拗断。当她说话时，我们可以看见空气如何神奇地通过喉咙，使声带像弦那样振动。妈妈和她聊天，关心地问她为何变得那么瘦。她回答说，到底几时变成这样，连自己也不太清楚。大概是为了找一只猫吧。她说她记得自己很爱那只猫，却很遗憾不记得那只猫的颜色了。

爸爸从医院回来时，她们还在聊天。爸爸看到隔壁安娣的模样时，嘴巴张得大大的，几乎合不上来。他把安娣带进自己的书房里，帮她量血压、听心跳。爸爸说，不论从背后还是胸前听诊都一样清楚，甚至隔着衣服都看得到她的心脏在跳动，真是太不可思议了。他说，造物主太神奇了。

安娣后来又来了我们家几次，每次都告诉我们不同的事情。她说起她种的植物，说起那些植物底下的蛛网和巨大蜘蛛。她说她最近也种了猪笼草。她还说，后面那块土地很潮湿，猪笼草结的笼子大得连人都能吞进去。她来的时候，我和弟弟就掩鼻子。她身上有股死老鼠的味道。我的妈妈和爸爸竭力忍着，她一走他们就开始作呕。爸爸极力拉她到医院去接受检查，但是安娣的兴趣不大，她说：我觉得现在就已经很好了，反正也活得太久了。听到这话，爸爸皱眉了，有一次，我听到他对妈妈咕哝着抱怨，迟早要装个摄录机在安娣家不可。她这样到底怎么生活，像这样的人生活是个秘密。

我们不知道他的计划有没有成功，后来的发展实在太意外了。我们一点准备都没有。一天晚上，一辆大卡车撞毁了那道隔音墙。墙壁轰然倒下，我们在楼上睡觉，觉得床和整栋房子都在摇晃不止。从楼上的窗口望下去，隔音墙倒塌了。砖块如小山般淹没我们家的后院，连厨房都塌了一半。爸爸怕屋子还会塌，便叫我们到外婆家过夜。我们离开时，看见发展商派来的工人抵达了。我们在外婆家只过了一夜，因为第二天下午，爸爸就让我们回来了。我们看见整排屋子的后院和一部分厨房都没了，也没看见隔音墙，一点残瓦灰砾都无，他们一个晚上就收拾得干干净净的。高速公路的车水马龙再度呈现眼前。有一只流浪狗在这条狭窄的道上跑。我们想象不到安娣说的后巷有多肮脏，也找不到安娣的猪笼草。我想我们永远不会再见到那种景象。

安娣失踪了。

流浪狗挖出那团东西时，已经是好几个月以后的一个傍晚。这只老黄狗的前爪一边扒泥土，一边兴奋地吠叫。起初我们辨认不出那团毛茸茸的东西到底是什么，它爬满蛆虫。看见土黄与黑色相间的斑纹皮毛时，我们惊叫起来，猫，安娣的死猫！我们的叫声引来一个老人从楼上观望，他也看见了那恶心的东西。他跑下来看，啊的一声，仿佛才刚想起来似的说：原来是在这里。这里原本有猪笼草呢。

他伏低身体，把长满黑斑的脸孔凑近我们。一缕蛛尘粘在他的衣领上。他说：猪笼草会吞人的，连安娣都被它吃掉了，你们怕不怕？

我们神神秘秘地回来，什么也没说。我们认为安娣被她种的猪笼草吞掉了。然而这难说得很。安娣在我们的梦中出现时，薄得像蛾翼。她坚持自己还没死。我们就说，你丈夫说你已经死啦！她嗤之以鼻。

她的肤色灰得跟墙壁一样，一会儿冉冉地融进墙里，仿佛四周围的暗灰是她的保护色。

后来，我们终于梦见安娣被猪笼草吞掉了。

就再也没梦见过安娣。

原刊《南洋商报》，二〇〇二年八月

　　她差点翻车或撞进湖里。就在傍晚那奇妙的时刻，那头鹿快而无声，出现在车道上。她不由得惊呆了。有一瞬间呕欲飞奔，竟想不顾一切，挣脱地心吸力而去。

　　这些年来，当她看着学生们伏在桌上沙沙书写时，脑中就浮起野生探索频道的画面，一群看似温驯的麋鹿互相依偎聚在草上。她从来不知道它如何生长、如何繁殖，但自从电视上看过，就经常想起。想象它有栗色的外皮，彼此亲爱，性情警觉，从不出声，至少人类听不见，喜欢嚼某种叶子，也许亦无可避免长了跳蚤，毕竟所有动物都有。也许这些想象全都不对，全都错了。没有一个符合现实，生物这科从来就不是她的强项。

　　没有任何人犯规。除了从桌位升起的低低絮语，偶尔也吵得像海涛，或菜市场。有时一个问题就使全班沉默。有时一把跃跃欲试的声音敲破死寂。

　　"我不相信事情有主人公讲得这么糟。"

　　"为什么？"

　　"叙述者太过沉醉诉说自己的痛楚，像个过度夸张妄想的受害者。小说开头就写，'恐惧折磨我，使我几乎快要发疯'。所以从一开始就是疯女人的自言自语。"

　　"可是小说的语调很冷静。有什么理由你非得认为这都是心理病的妄想呢？"

　　"可是，我倒是赞同，受害者。"另一把声音又冒起，

"也许成为受害者很有快感？受害者的故事是否比较容易说？"

"比较容易博得同情。"一个同学说。

于是班上冒起一阵笑声，一阵叹息，有人点头，有人摇头不同意。

来一场短促的争执。至于那些无法参与的，窸窣低语从桌椅间升起。她扬起手，轻轻一压，仿佛指挥乐队。

"为什么要急着决定呢？难道小说对此有明确的答案吗？难道这结尾不是开放的吗？"

她喜欢和他们说话。他们的发言在课室内此起彼落，像蝉忽东忽西上上下下地跳动。

"可是，说出真相有那么困难吗？小说非要这么模棱两可吗？"

"所以我不喜欢什么后设小说，"一个同学把书本都收拾好了抱在胸前赶着走，还回头说一声，"这太不好懂了。"

连叹息与抱怨听起来也像休止前的拨弦低鸣。

窗外可见一座电讯高塔。透过窗帘隙缝望出去，高塔显得又远又小，像一枚滑入视线的装饰贴纸，烟霾浓时几乎一无所见。但晚间在外环高速公路上开车飞驰时，远远看见它，发亮的顶端分外触目，像一座移置到陆地的灯塔，远离底下大片灯海，冷冷清清嵌在夜空一角。

我们都靠它来生活了，偶尔她会这么想，真是不可思议。若没有它，我们就会更加孤独。但一座塔是不会了解它自己一天里发出的千千万万个讯息的。

很长的一段时间，她一直小心避免职场上触礁。年过卅五，在大学任职已经四年，但感觉还像刚学爬的婴儿。说最多话时，便是在课堂上。偶尔也会揣想，年幼温驯的麋鹿究竟如何领略她说的话呢？一天又过去了，今天又说了什么？是否不够小心，是否说了什么使人误解，是否这些话违背了真正的心意？打从第一天开始，就已经听到这类出奇慎重的警告。

"他们很年轻，正在成为大人，但心里仍是小孩，对许多事，不懂分辨是非，不知自己做的将引起什么严重后果。所以教师说话，务必谨慎。"

她几乎想笑，那话说得太严肃。但会议室里没有其他人觉得好笑。几个讲师合约到期了，不被续约。那天会议就报告了这件事。是报告，而不是讨论，委员会已经做了决定。寥寥数语，念完句子循例有人附议。会议仅是例行公事，根本不会有人反对，事情也不会改变。

身边的同事轻轻叹息，一阵细小低语絮絮从座位升起。她听见，有个人侧身来对她说，瞧，在这里，别搞什么问题，他说，像那个，像这个，被投诉、被解聘了……好像跟你也是同届？你跟她熟不熟？

呃，我不确定，可能有见过面吧。她说。

在前方，主持会议的院长仍然语重心长。

"要尊重别人，不要去踩你踩不起的火线。你们要警醒，因为你们的学生，他们是非常敏感的，我们也非常非常地敏感。"

她垂下视线，翻一翻眼前的会议报告，最末一页底下，印了一行政府公务部门的标语：为国家与民族奉献。

她的父母亲也是公务员，母亲是小学教师，父亲是小学校长。家里时不时就出现一些新的杯子、毛巾、雨伞、钢笔、文件夹，写着同样的字眼，是他们去参加假期培训营之后带回的纪念品。她以前不觉得这有什么大不了。雨伞会坏，毛巾会发霉，杯子会打破。第一次，她觉得这句子闷在胸腔，又硬又实，像石头。

"记得这一点：你们要比他们更敏感。"

我也是很敏感的，她想。这种像刺一样的感觉，躲藏在额头底下，随时从唇边穿出，足以扎破空气中冒泡的笑声与闲聊。唯一能做的就是小心绕过它，万一不小心触礁了，那还真不知该怎么办。经常停泊在阴凉的树下，经常坐在车厢里，坐在驾驶座上发呆。车窗摇下，世界便如海涛涌来。但此处内陆，平静、无浪。风慢慢吹过停车场，吹皱了生物系养鱼的池水。

她的记忆力很好，随口就可吐出书名、年份与作家生平，在白板写下长长的一串，用来唬人还挺管用。也许正是由于记忆太好了，那些听来的事往往也得经过很长的时间，才能松开钳制的力量。

"我们都要学习忘记一些不值得去记的事。"她母亲对她说。

她回答："我现在只有一大堆东西必须记得。"

看着她母亲杀鱼。其实那鱼早已死了，她对母亲说，死鱼不能再杀第二次。

"不要纠正我。"她母亲用一把薄薄的刀子把鱼腹剖开，把鱼鳃和肠子拉出来。她记得小时候曾经问过母亲，为什么鱼的眼睛不会闭上。当时母亲说，正因为鱼的眼睛总是睁得大大的，所以吃了才会变聪明。

"结果还不是任人鱼肉。"

"去读你的书，做你的正经事，"她母亲说，"去，去忙你的。"

她到阳台那里去陪她父亲，他正抽烟，一边眺望四周熟悉的风景，看见她来了，就满意地看着她。在斜坡上有一间华文小学，那里传来断断续续的单簧管奏曲。母亲常说，连麻雀都要比他们起劲。但她现在喜欢听这些声音。有时候学校的播报器会呼唤一两人——黄伟兴，过来。或者，叶韵欣，叶韵欣，你在哪里？——结果这地区里每个人都听过了他们的名字，知道这些人正被找寻、被叫唤。

她可以想象那里有某个老师抓着广播器在小学生的队伍前面叫喊，而那些华小的学生也许都排着队伍，规规矩矩，像小党员，以前，修道院的同学们都这么说。她不认识他们。他们仅是飘扬在斜坡上的声音，那声音有时被附近的小孩尖叫或电视声浪所淹没。她不知道以前为何那么抗拒，现在却幻想那是比她目前所面对的，更为轻松、更为单纯的工作。

"如果他们不听话，就得好好教训他们，"她父亲说，郑重地传达经验，"杀一儆百，绝不能手软，绝不能嬉皮笑脸。"

在餐桌上，他们聊起亲戚的近况，谈起和她同龄的堂表兄弟姐妹，哪些有出息，哪些是混日子过，哪些是最没希望的。

"连兄弟姐妹都不想见，"母亲说，"以前还只是吊儿郎当，现在真正是烂泥一块，也不知道做什么到处都跟老板吵架，哪里都做不久。"

"这种人，老不长进，专门跟给他饭吃的人有仇。"父亲说。

有些人她已经许久没见了。听他们谈起，仅想起些微印象，像梦醒后的片段。她很奇怪，父母对她的无情善忘竟不惊异，因为有些人还曾是她小时的玩伴。她华小没念完，就跟着父母调职转去国小，中学念修道院女中，然后他们一家人就和那些人疏远了。他们全都成为不一样的人了。她很难想象他们竟都会变成这些挺着头衔看起来成功的人，或者变成大家认为很有问题且失败的人。

"怎么知道他们的事呢？"她纳闷地问，"谁告诉你们的？"

"反正就是有人会说。"

关于小时候的假期，她记得一件事，在外婆家，聚在岸边和其他小孩一起看舅舅跳进水里。那是又大又深的湖。那里的人都撒网在渔排周围养鱼，一排排竹条紧缚，把湖面分成了一国一国。她的表弟和表妹对她说，他们的父亲有本事潜在水里修补渔网。他在腰间绑着一条粗绳就跳下去了。她问那些守在湖边的大人们，问他们舅舅什么时候才会上来。他们告诉她，只要再等一会儿。

她蹲在湖边，看见有个人的头颅从水中霍地出现，从湖中心泛起涟漪，圈圈叠累着扩大开来直至没入岸边湿泥里。她搞不清楚哪个先出现，是涟漪，还是人。

他们说，你舅舅有很好的"斯塔咪纳[1]"，要补渔网的破洞可不是简单的事，因为他得屏住呼吸，在水中视物，找到破洞之后，还得在水里一针一针地把破洞补起来，所以必须有足够的"气"长时间待在水里。那个下午，耀眼的

1　斯塔咪纳：stamina，意为"耐力"。

阳光晒得她头晕目眩。她忘了舅舅到底浮上来几次，每次他冒出来时，总是对着天空把嘴张得老大，好像要把天上的云都吸进肺里。

她问他们为什么不把这张渔网拉上来，表哥说，这很难，因为这张网又大又重，他们已经在湖底用绳子与钉子固定了位置，若把渔网拉上来，只会扯出更多破洞，所以呢，这网动不得。

既然说得太多是危险的，她选择少说话，且只限于解释，必要的说明。唯独对麋鹿们她竟比较轻松，她喜欢他们活泼、经验不足、聪明机灵。喜欢他们对她表现的尊敬，也喜欢他们发问，喜欢看见他们对她服从。发现自己和他们一样，喜欢悠闲，憎恨压力。她发现，再也没有比从他们身上更能看出自己的矛盾了。

问他们喜欢谁，他们说毛姆、瑞蒙·卡佛、托尔金、哈利·波特。没有人提起托马斯·曼、海明威、福克纳，或者吴尔芙。问起原因，他们只是抿嘴讪笑。

"海明威的对白散散漫漫的，又不懂有什么意思。"他们说。

"生词太多，人物太多，关系太复杂了。"他们又说。

如果缄默的那些都不反光，而把那些响亮的提问、假设、推论、反驳都各自涂上不同颜色，此刻班上便是一块色彩斑斓的毯子。不是不得意的，织这么一张活泼泼的毯

子。她不知道如果在其他地方，别人会否给她机会织这样
的毯子。有时她把声音听成一片森林，在聒噪的林里有阴
影伫立，各种生物躲在其间彼此呼唤。试图引诱那些害羞
的麋鹿露脸。当然首先必须容许它们沉默聆听。它们将不
复美丽，如果树林被统一成单一的颜色。

　　有时这片喧哗如此诱人，以致使她忘记那些当初自保
的座右铭。起初她想自己只是风，隐形地，退后一步，指
挥别人的演奏。班上的学生英语腔调各自不同。印裔学生
与华裔学生最多。马来学生最少，只有四个人，在班上静
得像影子，在他们当中只有一个男孩比较活泼，他身材纤
细，装扮时髦，热天里穿一件紧身衬衫与及膝三苏骨裤[1]来
学校，足蹬一双细尖的鞋子，说起话来比手画脚，手腕上
一条银铃链子清脆响。

　　他来自戏剧系。

　　"如果有一天这小说搬上舞台，那么这个威尼斯的美少
年非我莫属。"

　　有人吹起口哨。有人喝彩，有人喝倒彩。

　　他抚摸自己的卷发，"没有人比我更适合"。

　　"不要忘记你的头发是黑色的，"班上掀起一阵笑声，

1　三苏骨裤：比膝盖稍长，长至小腿中间的裤子。三苏骨译自马来语，苏
　骨（suku）意为四分之一。

"你年纪也太大了！"

她容许他放肆，她宠爱并乐意原谅所有才华洋溢的学生。她教他们诵读 E. E. 卡明斯，"春天就如可能之手，而且／不打碎任何东西"。

他们非常愉快，她高兴地发现自己在他们之间仍然感到年轻。那美丽的孩子如歌唱般富有节奏地朗读："我喜欢喜欢我的身体。"由于还剩下十分钟，所以她便容许他。她完全没有想太多，既然这首诗如此美丽。她对所有美丽的事物都无法抗拒。

当他高兴地读着那些带电的诗句时，她感到他确实是个漂亮的孩子。他的睫毛很长，随着每个句子溜过而颤动。她想，如果诗人在世，大概也没有理由拒绝像他这样的人来朗读。她感觉到那孩子正以舌尖吐出的音调弹拨身体的脊柱，那声音有时像一根弦那样紧绷，有时又像一封信那样摊开来。她甚至并不注意有哪些人离开教室。

那是四月，四月很快就过去。风刮起枯叶，枯叶在地上竖起来走路似的成群结队。偶尔她也会感到放松且稳定下来了，像一丛扎根地上的植物，再也不需要担心降落的问题。她在园子里拔草，看嫩芽抽长。至于那些早前种下的，本来已经快枯死了，一场雨后竟然顽强活下来，蜘蛛在茎枝间漫漫编织。

对面山坡上的小学放假了，可以听见钟声从空荡无人的校舍传来。蚊蝇降落滑过池塘的混浊水面。

　　当她监考时她就看着那片刈得齐整的草坪，一群鸟低低飞过，听不见一丝啁啾，只见几道迅疾的黑影在半空中画出凌乱的虚线，忽高忽低四窜飞舞，抢在雨来之前捕捉昆虫。远处一排修剪过的树，天上是压得低低的云。光线变得昏暗，草坪蒙上泛黄的灰色。窗口像一幅画。

　　在学生入场之前，她和一位马来教师就有一搭没一搭地聊着。纯粹出于习惯，她随口问问：你从前在哪儿教书？

　　对方回答她，玛拉学院大学。

　　她呆了一会，在心里研磨，一字一字，像数米粒。盯着教室里那些标了座号的桌子，一列列空的椅子，不禁就问：那么，当你在那里教书时，有教过任何华裔学生吗？

　　对方垂下眼睛，没看她。颇为小心地考虑一会，才答道：没有，那里应该百分百都是马来学生。

　　她还是为这明知的答案震惊，同时感到这样的明知故问确实是太无聊了，对方会否感到困扰呢？她会认为这是个怀有敌意或故意找麻烦的问题吗？不知道这人心里是怎么想的，当她回答时仿佛只是平静地说一件事。从那双眼睛里什么也看不出来。得体的语调谨慎的表情，安定如一池静水。

　　这以后对方就转移话题了，谈起数天前有学生作弊，怎么给机警的老师当场发现抓包，至于惩罚嘛，当然就是被学校扔出去啦，言下不胜唏嘘之感。她嗯嗯嗯地回应，言不及义地答腔，继续看着窗外被雨拍湿的风景，草坪模糊一片茫茫。

空调很冷。起床实在太早了，她打了呵欠。

打从以前开始，她就喜欢马来文中的"表情"这个词语，air muka[1]。脸上的表情，掩不住的心情。有风就起皱了，或许所见者实是旁观者自己的心影也说不定。

话题，有恰当的，也有最好别提的。有些人仿佛可以从不失守地把握分寸。

该藏在水平线底下的就不会暴露在空气中，尽管人们状似放肆地哈哈大笑，但声音最响亮的那些，眼睛并不笑。他们害怕如果不那样笑，人们就不再靠近他们。那些眼睛不知给什么囚禁起来，像核壳般防守坚硬，眼神如穴，一看就知道，什么也不会流露出来。不过知道也就只是知道。知道并不能阻止老毛病不犯，比如忘记分寸，忘记绝不逾越的警惕。因为逾越，过后无论怎么修补都是不对的。过后就渐渐变得孤独，有一条线指明到此为止，那一条由过去留给她的座右铭。

她开始对自己感到厌烦，对画线这件事也感到厌烦。

1　air muka：表情，直译此词含有"水面"之意。

五月来了，季候风转向。在出来之前，她必须提醒自己把窗关上。有一天她忘记了，回去以后发现办公室内一角有薄薄的积水，这才发现这地板倾斜，而平时并不察觉。

湿气侵入水泥墙内，雨天里空调也太冷了。她瑟缩着肩膀走进他的办公室。他正在阅读一封信，像往常一样严肃地从桌上抬起头来。

"听学生说你在班上颂扬同性恋？"他问她，"而且还叫一个特定宗教的学生朗诵同性恋的诗？"

她不是不想分辩，但一想到那可是 E. E. 卡明斯啊……竟然还得如此费力解释，便不由得感到疲倦、羞辱与愤怒，以至于一句话也吐不出来。

这是非常非常严重的问题，我收到投诉。他说，我不用把话说得很明白，你应该知道我们这里是怎样的地方，有些人不喜欢看见这种事情。当然你要教什么都可以，文学，啊，我也懂得文学不能与政治混为一谈……但是，现在有这问题，要跟别人说明是很困难的。坦白说，如果没人投诉，我才懒得理。

她一言不发地听着。

你那个学生搞自拍，把自己的录影传上网，又在网站上念这首诗，又搞了同性恋出柜的告白。你应该上去看看，看看有多少人在那里留言威胁说要杀死他……

我也希望他们不要把事情看得太严重。他说。我不知道委员会有什么话，如果有人鸡蛋里挑骨头，少不了还得费唇解释，你可以想想看要怎样说。

她想如果能保持缄默让事情静静过去，那有多好啊。在其中一封公文上，那上头烙着浮凸有致的徽章图案。那红色的弥封盖章印记，也像一个神秘的符咒。当她出来时，她可以感觉到有一种尖锐的死寂几乎震聋她的耳朵，食堂里，她偶然遇见那天一起监考的马来女教师，互相打了招呼，对方一贯平和地迎面微笑。不过她知道吗？她会告诉别人说，这个女人确实有这种专找麻烦的、不满现实的倾向吗？整个下午恍恍惚惚，心不在焉地教了一堂课，迟到十分钟，脑筋像驳错的电路。表格填错了，填了又填。

晚餐时间，电视声浪填满屋子。连续剧，广告，新闻，连续剧。他们无聊地看着电视，无聊地看着她，或许他们感到满意，或许也不尽然满意，她不是很确定。然后他不看电视了，他执拗地说着，眼睛看着她说，怎样树立权威。她是他最佳的听众了，在他孤独的晚年里，只有她依然能从这个家里联系外界，他所缅怀的往日校长的岁月。他不喜欢母亲对生活的观点。母亲说，人要晓得如何应付生活，这就是生活，这话她说了几十年。她帮母亲收盘子，洗碗时也耐心听着，母亲寂寞的生活。关于生活，总是别人的故事。

全部都是别，人，的，故，事。

等到她终于一个人时，她就只是坐着，完全不想动。既不想上床，也不想刷牙，只想要那样继续坐成一个巢穴。很久以后她才想到要搜索那个视频网站，试了好几个关键字。最后终于找到了，但仅能看到题目，短片已经被封锁了。

读到一行字：此片已严重威胁他人安全，不再播放。

她背脊冷了下来。

一个星期过去了，两个星期也过去了。脊梁寒意未退，继续走进与走出课室，也没想该怎样对纪律委员会解释，反正也没人叫她去开会。没有人提起这件事。事情已经过去了吗？就这样被遗忘了？有人下令噤声了？还是他们早已做了决定，故此连解释都不必费了？

直到月底她才听到消息，审查委员会把她的事情搁下了。他们的焦点都落在另一个更加年轻也更多麻烦的老师身上。据说，她在课堂上谈到了宗教对女性仪容的要求，她说那是一种试图与世俗区别以成其神圣的做法，实际上却是对身体的制约……这触怒了一些宗教学生，起初他们到办公室找她讨论，然后发现她"态度不当地对待经典"。学生发信向院方投诉，于是各种责备与抨击排山倒海而来。适逢她聘约到期，院方便决定不再给她续约了。

忙碌整天，上完课走过校园，沿着斜坡走，像往常一样绕过生物系前的养鱼池塘拾级而上。六月，凤凰木烧得满树火红。没再看到那戏剧系的马来男生，到处都看不见他。

她经过那扇门。门打开，透出一截光照亮走廊，不禁侧头往内望，那位极年轻的女老师正在收拾，地上散乱一堆箱子，听见脚步声才抬起头来，看见站在门外的她，便打了照面，嗨一声。

于是，门外的她便也回应一声，嗨。有点歉疚，为着竟然因此庆幸自己脱难，而稍微感到有点内疚。

跑进室内，表示友善，七手八脚地帮忙，胶纸撕，拉，贴。对方也不拒绝。论文，英文，马来文，还有好几本中文书，封面上有几个字她还懂得，压抑着好奇心，一本本装箱。直到她看见那本掀起轩然大波的烫金封面，盯着看，没动。对方若无其事地把它抓起来就直接摆进箱子里，在那上头又继续叠上一大堆参考书。

"没有关系，这里没有别人看，你要怎么拿，都没有问题。"这女人说，"不过，就算有人在前面，我觉得应该也可以随自己的意思，不必畏惧什么人。"

窗帘都拉开了，满室明亮。对方从皮包抓出一包烟，眼神示意，她摇头。对方就自顾自地叼根烟，垂头，几乎近在一绺发下，点了火。置身于此，在午后日光里，烟草味弥漫室内，稍微呛鼻，微觉难受，只觉肺里几乎也塞满了杂物。

"我很抱歉，我有听到。"她欲言又止。

"听到什么？"

"听到一点，"她说，"但不是很清楚。"

对方若有所悟，从袅袅上升的白烟中好奇地看她。一会儿，坐在自己的椅子上，踢开地上的杂物，把椅子拉近桌面，示范一遍事情的经过。"就是这样，"她说，拉开左边下角的抽屉，弯腰，虚拟地取出某物，把一团空气拢进怀里，摆在膝盖上，"他们说，我的身体弯下来时，越过经典，是不对的。"

噢，屎，她说，就不知道该说什么了。眼前书本收了七八箱，日光西斜，暂时也只能收拾到这地步了。架子上还有许多书。

"该走了，一天收不完的，"对方说，狠狠地吸最后一口烟，"虽然我想走得越快越好，嘿。"

把烟捻熄，把烟灰缸清理掉，味道仍然萦绕不去，沾了一头一身。

她感到六月的尾声在耳边震荡。

"你住在哪里？我送你，"她说，忐忑不安地，"这个时间搭车麻烦了。"

年轻的女老师住在首都北区，近国家动物园的郊区。她知道路怎么走，曾去过那里，看过那些关在笼里死气沉沉的动物。她载她一程，并感到自己的心神分了一半在左边。她和她之间，说熟不熟，但也不是全然陌生。这位非常非常年轻的女老师似乎才刚来不久，她们的办公室相隔几间，经常在走廊上擦肩而过，一起开过会，在课堂交接的教室外互相等待过。现在她竟然变成一个勇敢的标志了，感觉很不可思议。她想此刻适宜保持静默，又想此人也许心情不佳，但路途还有一小时之遥，于是零零碎碎地聊着，嘲讽了电视台的无聊节目，抱怨了数十年糟糕如一日的公共交通，直到她们从电台里听见有个人在开记者招待会，炮轰烂得像垃圾般的体制与不公对待，安安静静地听了好一会。

"以后想到哪里去呢？"驾驶座上的她问。

乘客席上的她耸一耸肩，"不知道啊。"

"他们是怎么跟你说的呢？"

"他们现在聪明得多了，"她说，"话都说得十分文明。就说合约到期了，最近因为课程改革，系所发展要改变方向，故此不需要我了。完全没有提到任何跟学生投诉有关的批评……"

"竟然是这样啊……这一来就真的很不好说啊。"

"说什么呢？"

她缄默不语。

"说我是个受害者？"她说，"但我不想摆出那样的姿态。"

事情还要更加复杂，乘客席上的她说，非常、非常地复杂。

下班的车子如潮，一辆接着一辆长长地堵塞整条外环高速公路，使得六条大道看起来像是巨大的露天停车场，汽车喇叭焦躁地一声接着一声。车子一吋一吋地移动，排着队好不容易熬了大半小时经过收费站，耀目的斜阳里，车海蔓延望不到尽头。

"我想我会申请出国，就找个什么计划出去。"乘客席上的她有些闷闷地说，"你怎样？应该还好吧？还可以留在这里吧。"

驾驶座上的她犹疑地略略点头，又摇头，声音苦涩，"不知道，希望是好的。希望会很好。"

"那部短片我看了，根本不关你的事，只是有些人爱讲屁话。"对方说，"英文文学基础介绍本来是最最安全、最最无关一切的。只不过是有些人没事做，就是想找机会吓人，杀一儆百。"

她静静听着感到无话可说。确实是无话可说，甚至觉得这话听起来就是事实。最最安全且与现实的一切也最最无关。远得很，她想。确实是比海岛与海岛之间的距离更远啊。

到了，她们挥手道别。由于疲倦，话也不多说，立刻就开车回家。

车子从外环高速公路拐进车道，攀上斜坡，穿过城北那片绿郁苍茫的树林，天色已近黄昏。最后一丝天光兀自在树梢流连。狭窄的车道弯弯曲曲地蜿蜒上坡，树皮漆黑，树影朦胧，车道两旁都是浓郁的枝丫与灌木丛，从这片密密匝匝的绿墙中蓦然出现一道板墙，立着整排地产发展商的公告板。

就是在这里，那头动物，或许是麋鹿，至少看起来很像麋鹿，不知从哪里冒出来，就这样猛然出现在驾驶座旁边的车窗外。

她一转过头去便看见了它，那奇妙的鹿角，在车窗外像风一样跑动。风景在后退。或许那不是麋鹿，而是普通的鹿，她不是很确定，因为生物向来不是她的强项。

无法看到全貌，只能看到局部，一部分头，一部分身体，激烈起伏的身体，像被猛兽追赶，又像是脱出牢笼那样雀跃。有那么数秒钟她完全忘了自己在开车，无法收回视线，那头活力勃发的动物竟然那么近，就在她驾驶座旁的窗外，身上的绒毛仿佛触手可及，只要一伸手就可以抓到它头上的角，比起电视上镜头摄猎的麋鹿，那一对角看起来更短也更小，有点像断枝，经过风吹日晒后变得粗硬灰暗。它的颈项颇长，头颅上的眼珠子仿佛正从侧边盯着她瞧，与此同时它的身体却又铆足劲奔向她所不知与看不见的前方。

在短促的时间里他们共同奔跑在寂静的车道上，道路两旁树荫覆罩如巢，在暮色泛蓝的光波中仿佛腾云驾雾逾越边界进入梦域，日常的知觉剥落了，另一种异样的知觉如海潮奔涌而至，强大得使她整个人仿佛就要飞起，仿佛可以就此脱离地表，冲刷至地平线之外，以后就不属于任何时间、任何地方。

但这只是一刹那的事。当车子就快被巨大拐弯的离心力抛掷，那一瞬间忽然惊觉，猛踩刹车。车轮发出尖锐的吱叫。那头轻盈的动物，就在她回返现实的刹那越过了车子，随心所欲地在这巨大的转弯道上继续奔跑，一眨眼就把她抛在背后，只剩灰溜溜的小点，消逝在路的尽头。

车子在原地转了大圈，越过路墩，超出车道，冲向湖水前面的荒地。在她来得及发出惊恐的尖叫以前，这场失控就已经终止。

她缓过神来，仍惊骇未息，呆在座位上。一会儿才小心地察看倒后镜，后方的马路无车，于是掉转驾驶盘慢慢倒退。后座的轮胎陷入一片烂泥的凹沟里。任凭引擎怎么咆哮，那轮胎还是只能在原地打转。

她熄掉引擎下车，一群飞蚊扑来，耳边充塞蟋蟀虫鸣。一片闪烁发亮的水光，她可以看见那里堆着一些被扔弃的旧家具。有一张沙发如此靠近湖边，仿佛坐在上面一伸腿就可以碰到水面。它是那么诱人，像一个假期那样朝她招手，但当她走过去时才发现那张沙发是不可能靠近的。它被一堆木材和各种残破的垃圾所围绕。她审视这堆凌乱潮湿的杂物，想从中找出一个可以垫在轮胎底下的木板。

天空迅速暗下来。她的四肢已经被蚊子叮出了好几个包包。她回到车里再次发动引擎。但是一直等到天空与湖水都变黑了，还是困在那里，拼命打电话找人，却偏偏收讯不良，只听见电讯公司传来刻板机械、重复又重复的回答。

她懊恼极了。四周一盏街灯也没有。

她知道自己坐着的地点离湖其实还很远。但由于什么也看不见，好像变成了一个睁眼的瞎子。彻底纯净的黑暗取消了远近的距离感。她想到那种开天辟地的神话，想到那种让人敬畏的、会把混沌撕开的英雄，想象那种不可思议的非凡勇气。想象当他们看见第一道光时的惊讶，他们必然到那时才发现自己有眼睛。她知道只要一扭亮大灯就能驱散黑暗，但她不知道究竟是开灯让别人知道自己的存在，抑或继续隐匿在黑暗中，哪个做法才更安全些。

在这一刻里她静静坐着，留神谛听，听着黑暗中传来的各种不知名声音，在树林里和虫鸣长短错落地交织成一片和声，继续面对这片漆黑的混沌，她听见湖上刮着大风，风刮过她的车子，刮过灌木丛与野草，并疲倦地想着，这就是了，就是这里，暂时休息一会。

原刊《短篇小说》第二期，二〇一二年八月

Aminah[1]

　　似乎是那些凄凉的猫叫声把舍监吵醒，但也或许是风。风刮过屋檐下长廊的门窗，把现实里令人烦躁的声音送入梦中。舍监梦见一个女人走到床边。那女人的脸很暗，五官朦胧不清。

　　他们只不过是给你一个位置暂时待着而已，但这里根本不是房间，那女人说。只不过是熄了灯，黑漆漆的才产生错觉。

　　舍监想竭力看清楚这女人的脸，她能看见这条暗沉的影子栖息在床边。她看着这人影好一会，并不害怕。直到冷风不知打哪里吹来，她才打个哆嗦，这女人就消失在风里。只听见窗下的猫在哀泣，猫头鹰在深山里啼叫。细碎而充满杂音的现实再度围拢四面八方：那些拉长的影子缩在墙角，苍白的月光斜落地板，像箱子一样的房间，像盖子一样的天花板，全都遮挡在眼前。风把门吹得磕磕碰碰地响，她爬起来，想走过去把门关紧，一整排床铺望过去，女孩们犹自沉睡如一列白色的茧。只有阿米娜的床铺空了，被单掀开，睡衣脱下扔在床上。她吃了一惊。

　　她本来可以继续躺在床上，但说不上什么缘故还是离开被窝，跑到外边去寻找阿米娜。走廊微凉，灯影昏暗。她摸索着穿上拖鞋，穿过大片芭蕉叶与建筑物投落的阴影，来到大门前。警卫亭里，看守人正合眼靠在帆布椅上休息。她以指关节敲了敲台面，对方睁眼惺忪地看她。

　　阿米娜跑掉啦，不知跑到哪里去了——她说，她要是跑出去了，或出事了，那怎么办啊？

　　这种时候，还能去哪里？对方说。他整了整头上的哈芝帽子[1]，完全不想爬起来。

　　舍监懂，她明白。阿米娜如果又是那副模样，任何虔诚的穆斯林看到都会羞耻不已。打从那期限延长以后，阿米娜就开始失常。老师们劝她，既然一切已成定局，也不能上诉，你只能接受现实当阿米娜。

　　阿米娜发了疯。起初她把长裙撕破，露出她自己。不戴头巾，也不读《古兰经》，反正本来就不看。有一天傍晚竟爬上一口井。厨房里煮饭的阿婶认为，阿米娜就是那天傍晚中了邪。太阳下山后荒郊野地的精灵就不安分起来，尤其是近森林一带，那些东西随着雾气四处弥漫寻找意志薄弱的猎物。对这类显然是源自古老未开化的迷信说法，舍监向来不置一词。每逢电视节目播放这类鬼怪故事，她看到最紧张的时候，就会爬起来，走来走去，假装漫不经心，到结局就索然无味，宗教经典比所有的巫师都强大。然而此刻清晨幽暗未明，冷风刮过枝叶飒飒作响如幽灵私

1　哈芝帽子：哈芝源自马来语 haji，有朝圣之意，乃伊斯兰教的五大基础之一。对伊斯兰教徒而言，到穆罕默德出生地麦加朝圣是一生中最重要的旅途，而哈芝节即是纪念此一宗教活动并庆祝朝圣者的归来。哈芝帽为穆斯林常戴的圆形无檐小帽。

语，那些最无稽与最阴郁的念头随着晨雾与阴寒湿气从树丛漫溢涌出，泛起一波波寒意，使舍监不由得浑身寒毛竖立。风中的杧果香味，浓郁得宛如传说中诱人堕落的邪灵气息，她拉起披巾裹起被风吹凉的鼻尖。

雨季里野草都长高了。四下里黑糊糊的，什么都看不清，但舍监知道那口井就在那里，在那棵杧果树下，被野草遮掩。那口井，现在已无人使用。它存在多年，仿佛老久以前就有人住在林里靠它生活。这井从一开始就在，甚至远在康复中心盖起来以前。此地本为军队集训的营地，后来拨给宗教局，院子落成，围墙沿林而建，连带把这口井也围拢在内。

栅栏上的每根铁支条上都挂着倒钩，围墙上滚浪似的缠着一圈圈铁丝网，舍监一边走，一边搜寻那可能出现的缺口。怎么可能呢，怎么可能逃得出去呢？既然没有缺口，也没有任何一扇漏锁的门。阿米娜必然还留在这里。猫群在院子里追逐，它们发情，交配，生下许多猫。猫太多了，猫可以离开，但人不能。有些人必须等待，比如三个月，比如一百八十天。他们来与去的时间已经写在档案里，如同人的生死写在安拉的命运板上。然而无论是谁，他们逗留的时光都要比舍监短得多。舍监几乎是待在这里最久的人了。这里已经变成她的家，闭着眼睛都可以在院内绕一圈。没人待得比她更久。从后山传来的风声澎湃如涛，但仍然掩盖不了那此起彼落的猫叫声。厨房暗暗沉沉，煮饭的工人还在睡。到处都不见阿米娜。

仿佛凭空消失。

一会儿，清真寺播送的祷告响起，肃穆嘹亮地划破清晨山风。她回到室内，开始祷告。女孩们也都纷纷起床了，跪坐毯子上，脸朝麦加，一会儿额头触地。

别沦为一个凋落路边的人。舍监心里默念，除了安拉再无别的真主。

又是长无止境的一天，长无止境的任务。生活与考验不会结束，根本没有结束的时刻，除非生命到了尽头，俗世到了尽头。她面对窗，窗前有光。这晚月光照得窗上蛛丝发亮。风打门前吹过。门吱呀一声，打开，她听见。

阿米娜回来了。灰蒙蒙地走过长长的室内，走在一排毯子前。每双眼睛都看见了她的脚板，在她走过的地方留下泥泞与草屑。

阿米娜走在天花板下，走过祈祷的女人。舍监忽然忘了自己的祷词。阿米娜的手指被月影削薄了，瘦得就像快要融掉似的。这身体骨节嶙峋，一丝不挂。

几乎每个人都停止祷告，屏息等待这梦游的裸体女人过去。她们没有转头。她们听见阿米娜绕到身后去了。阿米娜爬上了自己的床。从床上传来薄薄的声音，咕咕哝哝犹如一串气泡，旋即隐没在清真寺广播的早祷长吟声中。

舍监满心震颤，心里念诵的声音断了。早祷声悠扬地从"信仰之家"的清真寺屋顶上往四面八方放送。除了这把嘹亮的早祷之外她什么也没有听见。女孩们逐一回到被窝里。她仍坐在毯子上，想拾回失落的句子，而额头却不知晃到哪里去了。地板上潮湿的足迹在发亮，她盯着那不成形的足迹。月光很斜。月亮落到山后去了。广播的早祷正庄严肃穆地淹没山谷的风声与恼人的猫叫声。声音高亢，穿透穹苍。她没有再听到蟋蟀声。没再听到阿米娜或任何人的床上有任何声音。

下午的辅导课临时取消了，本来应该有一排学生坐在这里忏悔。咖啡壶端上食堂的桌子。咖啡溅到桌布上，污迹就留在眼里，驻在心底，挥之不去。杯口是滚烫的，想说的话说不出来时，他们就大声啜饮咖啡，什么都谈了一点，什么都没说。

关于阿米娜，他们过去只知道几件事。一九七五年出生于吉打州华玲新村。祖父是阿都拉洪，祖母是徐小英。父亲是韩沙阿都拉，母亲是高美美，父母亲皆职业不详，行踪不详，直到案件了结两人都没有出现。和非穆斯林的男人同住在首都蕉赖市美丽花园第七路四 A 巷门牌三十五号。当过餐厅女侍、酒廊女侍、理发女郎。一九九三年开始申请退教，一九九七年八月二十日伊斯兰教法庭下判仍归属伊斯兰。当他们读着她的档案时，这些资料就给读出了声音，声音在脑海里掠过，一合上就有大半给忘了。忘了以后，他们对她所知的其实也不多。只记得她是穆斯林的后裔，品行不良。

几个月以后，他们又知道了另一些事，这些事没有写在文件里：阿米娜野性难驯。阿米娜梦游时用一根铁丝就能把门锁撬开。没有人知道这样的闹剧什么时候才会停止。

我不知道可以做什么。一个老师说。该怎么做才能改变她呢？舍监说，我无法看守她，把钥匙藏起来都没用。何不把她送走？她应该去疯人院。沿着桌子边缘，一排头颅摇得像浪。于是互相传阅一些信，一堆公文在咖啡杯旁边传来传去，尽可能低调处理。复述了电话里叮嘱的声音，就说，不能送出去。想想看别人会说什么呢？说我们把一个人逼疯？

她不是疯，只是梦游，一个老师坚持，梦游又不是我们的问题。

到底出了什么问题呢？到底该怎么办呢？十分哀痛又沉重地，咖啡杯口上的嘴唇皱起来。我们显然关心得不够。桌子轻轻震动，一根手指在桌面上一句一句地敲落。想想看我们应该要反省什么。

于是，接下来的两个小时，他们彼此重复说一些耳熟能详的话，"一切都瞒不过真主""要把迷失的人带回正

途""尽可能关心阿米娜""要关爱他们","这样他们才会
正确地认识安拉"。

这就是祂给我们的考验。一位老师说。

他们同意了，开始吃饼干。麻雀在地上跳动找寻饼干
的碎屑。这个院子好像不受时间的流逝所打扰，习以为常
的景象熟悉如故。灌木丛沐浴在阳光下静静生长。

食堂周围没有墙，光从四面八方扑来，亮得哈密眯
起眼睛，他几乎感到自己是瞎的，像浸在海涛中必须闭上
双眼。

我们不是神，他说。我们无法知道全部的事。

啊，对的。另一个人说。我们不是。

到目前为止，阿米娜只有在梦游时才裸着身体。当她
清醒时，总是穿着衣服，偶而暗自哭泣，偶而也会平静地
说话。但是当她梦游时，就脱光衣服在院子里游荡。他们
并非担心她逃跑，而是担心她将会如何出现在眼前。既然
周围都有铁钩密密刺向天空，她哪里也去不了。铁丝网外
面是树林与荒野。荒野中有一条孤寂的公路，遥接半岛西
岸的南北高速公路与内陆深处。沿着路边走可以看见电线
塔矗立在荒野上，如空洞的梭子牵着疏疏落落的电线横过
天际。暮霭就快降临，暗云被风吹散，地平线在最后的波
光中迷幻如雾如远方海岛。

阿米娜来时沿途就看着这样的景象，一直一直瞪着看，直到电线不见了，树木不见了，远处的山脉消失，树林飞逝窗外，铺天盖地的黑雾侵吞四周。

当阿米娜走进来时，四肢变得很轻，几乎无法站立，心重如石，累累堵到脖子上；当她走路时，她感到双腿像两袋石头拖在地上。白天她忍耐着让自己吞咽那些不合口味的食物。夜里她躺下，但睡不着。当人们把祈祷用的白袍递给她时，她愤怒地扔掉它，朝它吐口水，说，去死吧，诅咒每个走过眼前的人。经过一段日子，她就任由这东西堆在床脚。在那些人放弃她以后，她闷恹恹地无聊地躺着，对自己说话，以这里谁也听不懂的语言说。权当看不到他们，全都是空气。

全都是死人。阿米娜说。猪。

那件白袍很完整但她并不。当她想起那些过去舍弃她的情人、那些从来无法注册的关系，以及某次流产失去的胎儿时，有一道裂缝就从膝盖之间穿过她的身体，裂成两半。嗡嗡地，从额头深处传来碎裂的声音，密封耳内。

把头埋进枕头里，枕头很松软。用力往下压，直到柔软的棉花抵着鼻子。我的名字是洪美兰。对着枕头说，声音陷入皱褶中。人们会说，这话现在无效了，你不能再证明自己是洪美兰。不仅因为它白纸黑字地在法庭上朗读出来，而且，还因为你不能上诉——已经无处可去，一切已成定局，不能再改变。

阿米娜。

等到头发慢慢长了，她就躲进了自己的头发里。除了头发就别无他物。

最初刚来时，阿米娜还愿意跟别人说话。她偶而会愤怒地回应别人的问题，或者哀哀地请求舍监让她离开，或忽然以不流畅的马来语极力说明她自己。她也像别人一样，烦躁地走进与走出课室。纯粹是为了躲避白天炽热的太阳与单调的卧室，她才不断跟从大队移动、更换地点，此外也和别人一样，不爱看书，不进图书馆。实际上没有多少人会去翻那些书，没有任何一个被指控举止浪荡、乖离教义、性别错乱或叛教而被强制进来当学生的人，会想要进入图书馆翻阅那些阐述正确的册子。

一个人体内如果流有穆斯林的血，到死也是穆斯林。

舍监这么说。哈密这么说。在铁丝网内，几乎个个教师都这么说。

阿米娜敏蒂韩沙！要你信真主，有这么困难吗？

哈密困惑地问。舍监也曾经困惑地问。在铁丝网内，同样的疑问从一张嘴巴迁移到另一张嘴巴。

炙热的午后，风缓滞如牛。风扇底下的空气黏附在皮肤上。

哈密汗流浃背滔滔不绝地举证说明，《古兰经》是何等完美！他说，无一字多余，又一字也不能少，因为作者并非凡人，乃是万能的真主。

阿米娜心不在焉，她热得浑身瘙痒难当。不戴头巾，披头散发，裸露的脖子满是爪痕。另外几个想脱教而不成功的原住民坐在椅子上摇摇晃晃地打盹。

你的头巾呢？哈密礼貌而温和地问。

阿米娜不回答，瘫倒桌上如烂泥，头发蓬乱若野草。

哈密想起同事说的话，他们说阿米娜爆发时像火山。于是他小心翼翼地揣度措辞才开口。

如果你的情人爱你，他不会因为这样就抛弃你。哈密说。你看，他没再来了。

阿米娜不言不语。

如果你的母亲爱你，她也不会不顾你。我不明白，既然他们都不爱你，你又何苦还要回去？既然我们比他们更爱你，你为何不接受我们？哈密说。

麻雀在屋檐下跳动聒噪。有生命的东西都静不下来，棕榈树投落的影子也摇曳不休，光斑忽地灿亮，忽地黯淡。

起初哈密还以为是风动的缘故。好一阵子才发现是阿米娜在颤抖，她躲在头发下一吐一吸她自己，有什么东西潜藏在乱发里，忍耐着等待爆发。阿米娜的马来语说得一块一块，却又清楚无比。

为什么不讲那个死人猪？一分钱都没给过我。你们，全部，马来猪！撒旦！要牙痛要安拉，是你的事，干什么还要管别人的衣边呢？

哈密激动起来，无法置信自己的耳朵。撒旦，竟然叫我撒旦！他来来回回地在原地踱步好几圈，竭力想说服她。

不能这么说，你不能因为怨恨父亲而恨神，安拉对你父亲也另有安排，就像安拉对你也有安排。哈密说，乱搞男女关系，跟异教徒在一起，这是不对的。你不会得到幸福，只会堕落下去。如果不能取悦安拉，这样的生命根本就没有意义。

阿米娜的眼睛穿过额头的黑发瞪他。她的嘴巴沮丧而厌倦地耷拉下来，用手掩住了耳朵。

他不再看阿米娜的眼睛，垂下，看向阿米娜领口上方的锁骨处，那里隐约可见不知何时留下的伤痕。

要知道安拉真正的赏赐在后世，比起眼前的更丰富……他又说。

她没能接受。他感到难过，心想，这女孩白白辜负阿米娜的名字。这名字是忠心耿耿的意思。有这名字的人应该要服待真主。哈密觉得有必要拯救这样迷惘的阿米娜，必须把她自沉沦的深渊拯救出来。

阿米娜不再抱着希望了。没有人来。外面的世界走远了，她不吼也不哭，第一百五十天过去以后，其他同来的报到者也仿佛声寂暗哑了，只余雀鸟在高而远的天空里啁啾呼唤。树木在风中沙沙作响。蚂蚁爬过草的尖锐边缘，一路爬一路吃着刀。

法庭的延长令来了。看不到终止的一百八十天。如果你早点依从，就不用再延长一百八十天了，他们说。

白布在舍监手上微亮，它洗过了，看起来干干净净。温驯地钻进里头，把自己从头罩到脚，它太大了，裹住头颅，随着呼吸颤抖，附在身上像另一层皮肤。以后就住在这里，住在这皮肤里，要在它里面醒来，也要在它里面死去，直到一百八十天。一百八十天之后还有另一个一百八十天。

有一口黑色洞穴把她们的脸孔藏起，每个人后面拖着一抹长长的阴影。长长的阴影也拖曳在她背后，在下巴里，在胸前，在夜晚，像另一个人横在自己与别人之间，在两张床中间有个灰色的人，有一把声音穿过这空空的躯体跳到床上来。

阿米娜。阿米娜。

再出世一次。

这是幻觉吗？是幻觉，遥隔的岁月与从前。必须有新开始，既然锤子已经落下来了，不会再敲第二次。为何不能接受当阿米娜呢？从前旧的身份于你又有什么好处？那样的过去又给了你什么？

　　白袍在她们身上窸窣作响。铺开毯子，跪坐下来，一会儿额头触地。

　　傍晚祈祷后，哈密自觉得神清气爽，坐在廊前啜饮咖啡，舀了一小匙糖。云层低悬，几乎触到屋顶。哈密出神地凝望着那攀缘栏杆上翠绿的、卷曲的茎蔓。叶面上反射肥美光泽，使他心中不由赞叹。一长列水仙花感染霉菌，虽经园丁抢救仍逐渐枯萎了，他虽不无惋惜，却又感到世界确实如此，安拉的旨意昭示于每个细节之上，天地之间诸象显示安拉无限的慈悲。

　　万物皆有其位。

　　他扭亮廊灯，开始坐在那里阅读学生的作业。

　　他并不记得每个学生的经历。一个从印尼回来的家伙，一有机会就想说服别人：只要念念西蒂哈嘉的经文，就可免除地狱之罪。还有几个年轻的宗教所老师，对《古兰经》的诠释完全错误。他不明白人们为何愚蠢至此，满脑子相信这些根本不可能实现的事。

　　愚昧的心分辨不出真相。哈密心想，这是多么地可悲啊。

　　哈密越读越感慨。没有一个故事是新的，历史一再重复它自身。有这样一个学生的周记里写道：宇宙是安拉的梦。梦？西蒂自梦中得到启示，妄言世上除我以外其余皆为梦的幻影，幻影由"我"而生，而"我"便是安拉。真是荒谬极了。哈密很诧异这里竟然也会有人相信此一谬说。既然一切皆为幻影，天堂又以何凭据为真呢？

"他们什么都不信了，不信神，也不守义务，除了天堂。"哈密在本子上写，"足见一个没有信仰的人，比起有真确信仰的人脆弱得多，他们不得不依赖天堂的幻想过活。"

写完了，又觉得不妥，便画黑涂掉，修改重写："天堂乃是那敬畏安拉虔诚心灵的归所。"

月亮升上来了，一会儿月亮变黑了。

一片黑影笼罩书页。他抬头，看见阿米娜，几乎打翻咖啡。

阿米娜的眼睛嵌在鼻子两旁，双睛睁开，但目光涣散。一眼就可看出她睡着了。她的身体活像一艘空船。她正梦游着，但搁浅了，仿佛感到前方有阻碍，既不往前，也不后退，没穿衣服，无遮无蔽地伫立眼前。

啊，安拉。他不由得心里呼叫真主。

屏息看她，对这具身体困惑不已。

在她的皮肤上，在乳房上端，胸前，腹部，不懂哪里来的伤痕密如叶脉，暮色涌出，久久栖息栏杆边，昏暗如天空，静止如无风。

哈密心跳不已，阿米娜那裸裎的躯体上神秘的伤口使他感到怜悯，他几乎想伸出手碰触。撒旦，那敌人的称号蓦然掠过脑海，刹那间如警啸响起。悬崖勒马，立刻把目光移向桌上的《古兰经》。不知道阿米娜梦到了什么？某个混沌的想法似乎即将在脑中化为鲜明，但又似有似无如一缕烟雾。啊，安拉。他又唤了一声。心里难受，就把《古兰经》取过来，书在掌上吃重，扑地跌落脚边。

哈密走在前往女宿舍的小径上，黝黑潮湿的树枝划过头顶上的夜空，难受感如一枚滚烫的硬币贴在胸口。我过去从不叫异教徒为撒旦。撒旦是撒旦，异教徒是异教徒，他们不是同一回事。然而毕竟还是糊涂了，他想。随后又自辩，不，我没输，只不过是阿米娜的胡言乱语，才使我心烦而已。正如安拉透过我们说话，撒旦亦时时刻刻伺机利用人。忽而又觉安慰，所幸刚才保住了穆斯林的尊严。心里起了邪念，无异于犯戒。不过，说到底，念头又是什么？稍现即逝，来去无痕，又怎知脑袋想过什么？实际我什么都没想，既然根本没有认真地想，偶尔疑惑，如此而已。每个人应当对裸体保持警醒。他心里默诵。一个人不应当在洗澡、如厕以及在和妻子行房的时刻以外裸露，也不应该对妻子以外的裸体心动……啊，真主安拉怜悯。无论如何，心不能作准，行为才是准绳，既然已经把住了自己，战胜欲望，便值得庆幸。

心是战场。

晚风吹过，枝叶上的水珠飘落如阵雨，滴入衣领内，凉了脖子。他冷静下来。见到舍监，整敛神态，简单交代，两人便匆匆赶回到教师的宿舍前，但阿米娜已经不在了，也不知游荡到何处去，只见长廊上一串泥泞足迹。

舍监激动地说，看啊，这就是本性败坏的浪荡女，死性不改，真丢脸。

哈密弯腰把被风吹落的簿子拾起来，簿子飞到阶梯下的洞里去了。人只有一种本性，他说，就是依靠与仰望安拉。

舍监不再语言，稍后便嘀嘀咕咕地走了。空气潮湿而风声哗哗，吹乱满桌的簿子，周遭寂寞如故，他愣坐藤椅上，对着刚刚还在写着的那一页，满纸画黑与涂改，思潮起伏，竟不知所想为何物。仿佛阿米娜没真的出现过，而只是一次打盹飘过的梦。

《古兰经》封面烫金的字眼在黯淡的光下隐约发亮。

从前和女友幽会之时，也曾小心地把摊开的《古兰经》合上，收进抽屉里。在他出国留学念宗教所以前，仿佛预知那是最后一次放纵。那个多年前告别的黄昏，窗帘的影子扑落躯体晃动，他们激烈地拥抱，短暂的齿印深陷彼此。此刻那迷宫又飞越漫漫十年，盘踞这张桌子，凌乱的簿子啪啪翻飞。灯光在夜风中摇晃。

他打开《古兰经》，忍耐着对往昔的悲伤与怀念，开始祈祷。

漆黑的天空里似乎有某种值得恒守的纯净。然而，犹如在万象流逝中寻觅某人，他竟沉痛起来了，是的，就是这样必须守住啊。没错。所要守护的，便是那能抵御俗世的纯净之心，安拉所爱的虔诚。

想想看，埋在泥里腐烂是怎样发生的。这泥土酸性，不习惯的人沾上了就会有点刺痛。等到用水冲净后，这些从城市来的女人就会发现湿泥在皮肤上蚀了斑斑红点，微痒，但微小的不适感一下子就过去，因为她们还年轻，故能快速痊愈，但如果是更老、更老的那些躯体，死亡就会在上头预先演出它的戏码。

来了一场大雨，花凋落了，但年轻的花蕾还傲长枝丫上。水流过使大地滋润。远望山腰云雾浓密缭绕，这是潮湿的雨季。孢子随风降落，繁殖迅速，木头长着层层叠叠的菇菌。一只鸟儿朝天仰卧僵死草丛中。青蛙逃走，雄蝉竭力嘶鸣，枯叶孳长白斑，腐烂赐以泥土黑色。风吹送。

新苗从黑泥里发芽。

女生们在靠近山边的园子里拔草，杂草的根茎在地里蔓延如网。四脚蛇在篱笆边缘溜过，吓得她们大呼小叫。

无论如何，这样的时光也偶有快乐的时刻，如果不把这些约束与规矩当成一回事，不把它放在心上，这些被认为品行不良的浪荡女人，实际上是很懂得自得其乐的。当看守者松懈时，她们放肆的笑声与叫声在山谷里回荡，与鸟啼声、与树木的沙沙声交织成海，传到宿舍的另一边，直至在风里隐没逝去。

泥土翻松过了，蚯蚓避开铁锹惊慌地往泥里钻。哈密对学生讲道理。

如果只是读读《古兰经》你不会懂，我们需要亲身体验，唯有亲自栽种过的人才会领悟：人类很脆弱，安拉却有伟大的力量。打从远古以来就已如此，如非安拉的旨意，人类什么都不能获得。

哈密说。

阳光从后方照来，男宿舍的单层房屋在地上投落大片阴影。他们在那片空地上动手锄地，施肥，铺上一层泥，加上报纸，再多一层施肥，再铺多一层泥，层层叠叠。

那个从印尼回来的男学生，仿佛忘了西蒂哈嘉的经文。那个以为自己刀枪不入的家伙，此刻竟然老老实实锄地。哈密还以为会看见他俩念咒发功呢。

近山那边，女生杂七杂八地种了瓜豆蔬菜。在宿舍后方，男生们种香蕉、辣椒和芋头。哈密蹲在地上把树苗周围的泥土拍实，他想起了祖母的葬礼。对学生说，栽种植物与埋葬死人都叫 tanam，种子会发芽开花，人死后就只剩下灵魂，要知道死后能到哪里，就要看自己短促的一生，所作所为是否安拉所喜。

天地自然，万物死而后生。数周以后，这菜园便能有收成。到时候他们就都能获得新生吗？这样就能得救吗？哈密茫然地想。在结束以前，他一如往常般对学生们循循善诱。一群男生满手泥浆，彼此视线交流，促狭地偷笑，或者摆张臭脸，根本没有人认真听。他不由得烦躁起来，几乎想要当场骂人，但又忍耐下来。他看看这些有待拯救的迷途之人，怜悯他们，尽管他们鲜明地表现出他们根本不需要他来拯救，但他还是想要仁慈地对待他们。

阿米娜。一个蹲在后方的男生忽然响亮地叫了一声。

他愣了一会，看那男生眼神兀自发直地望过来，望向他背后，这才回转身去，只见阳光斜照，宿舍前光影斑驳，走廊空空荡荡，并无异样，树影摇晃，麻雀在风中滑过，肥大的叶片起伏如浪翻飞万状。他的视线上上下下探视一会，一会儿他意识到自己在往这繁复的世界里寻找阿米娜，那让人怜悯的阿米娜，她有满身的伤口。他出神地望着，这片熟悉的风景之中，熟悉而又异常的某物蛰伏在草丛花树之间，在阴影里，无止境地睡在天空底下，静默刹那笼罩四周。

他感到安拉的仁慈与肃穆的尽美确实就在其中，降落于万事万物，而圣洁与堕落就在一线之间。他希望一切都是无邪的，一种说不出为何而来的思念、渴望，如水在胸中晃荡，几乎溢出。

他想说，但无人可言，无处可表，于是寂寞地回身看着眼前蹲在菜园中迷途的人，他看见，这些各个年龄与背景的学生，每双眼睛都在搜寻那传说中裸体的阿米娜。

到了这地步，那些荒谬的说法传得更盛了。没有人能解释梦游者解脱捆绑的神秘能力。在厨房里，打扫的阿婶与部分学生群中，有些人相信这样的看法，紧张的、害怕的、兴奋的，但说了几句就噤声，生怕语言会招来邪灵，然而，在幽微的恐惧中，这话散播得更快，仿佛是触发人们更加充满渴欲地去聆听与编造。在执事与老师们的会议中，他们也注意到了这信仰毁损的问题。他们几乎不能也无法完全将之排斥于外，因为这类迷信的想法在马来人乡间与传统习俗中留有残余，而且深入人心，无法将之扑灭，数不清有多少人奉行此道以纾解焦虑。于是他们便开会讨论，整整一周，毫无结论，从《古兰经》里搜句解读，竟意见分歧，看样子再讨论下去，大家的信心和团结也恐怕摇摇欲坠起来。为免误解，他们最后只好决议等院长休假回来再说。向来被认为是值得期待的年轻教师哈密，意兴阑珊，一言不发地从会议中拂袖而去。

阿米娜回来了。仿佛走了很远很累似的，一回来就沉沉睡着了。一连数周没听见任何异动，舍监不敢相信阿米娜的闹剧就这样落幕了。

一连几夜，舍监仍然在凌晨醒来。总是睡不着，听见屋顶正沙沙地下着雨。雨水滴滴答答地打在树叶上，弄湿了窗子，四周变得非常寂静。迷糊间她看见几团黑影围着阿米娜的空床铺鬼鬼祟祟，立刻清醒，不动声色地蹑足走过去，发现从北部来的三姐妹，又来那套驱邪治病的仪式了。她们盘腿坐在床边，对着手掌吐痰，一边呵气一边喃喃有词，隔一会儿又对手掌吹气，细声念经。

舍监用压得低低的声音斥责她们，起初她竭力想使自己显得和蔼可亲，但那群女人执迷不悟，依然在重复那些凌空曼妙的动作。她不由得火气往上飙，从胸膛里头逼出尖硬的声音来。

这声音并未能阻止那三个女人。此时舍监才发现她们都迷醉在另一个世界里：她们的眼睛睁开，但什么也没看见。不断重复在空中画圈子，挥手，收回，吐口水，喃喃有词，吹气，再往外伸展张开，画圈子，仿佛着魔。

舍监倒抽一口寒气，毛骨悚然。她们全都中邪了，这想法立时闪现脑中。她环顾四周，赫然发现有几张床铺空了，除了那三姐妹的床位之外，还有好几个人也不见了，几条被单拖曳在地板上。她倒退几步，既失望又恐惧，须臾悄悄地开门退出。

天哪，安拉保佑。

她奔进雨夜里，举头四望只见垂泪的天空与树。树贯穿黑夜深处，虫鸣蟋蟀与猫头鹰的叫声交织成迷宫之网，如细碎低语自隐蔽地穴冒出。她心里哆嗦，撑着雨伞在潮湿的小径上徘徊，感到脚趾潮湿而冰凉，肩膀与背后也被伞缘底下的雨水弄湿了。她穿过街灯下一圈又一圈的光，快步越过暗影地带，朝向大门前的警卫亭小步跑去。

她用指关节急促地敲击台面。

看守人一如往常那样枯坐玻璃后面。

不见了。她说。跑掉啦——

什么？他问。

我不知道，怎么办，她急促地说，全都中邪了——

警卫并没有如她预期般有太大的反应，甚至连呵欠也没，只是茫然地望着她。

舍监浑身一颤，退后几步，警卫眼神沉沉，怪异地瞅着她。他古怪的表情使她觉得不安，她不知道这是为什么，玻璃上那些细碎的对外通话的圆形洞口，使得他的口鼻看来模糊不清。

她失措地回返到路上徘徊。猫在院落里鸣叫。偶尔听见坚硬的果子啪的一声掉在干燥的屋檐上，瞬响即灭。枯叶落下，静默如逝。这是出奇漆黑的夜晚，月如指甲一弯弧光，她坐在木楼梯上，背对着一长列狭窄的门，她知道门后传来的是怎样的声音，那些还留在里头的女孩子们，她们经常躺在床上发出梦呓与磨牙声，响彻整夜，在你半夜醒来时就听得鸡皮疙瘩，她不愿再听。在阶梯之前，铺上水泥的空地，风正卷动地上的枯叶，枯叶清脆地刮过地面。

她疲倦地闭上眼睛。

好一会儿才睁开。

眼睑干涩得几乎可以听见眨动声。雨伞仍旧抓在手上，伞是干燥的。水泥地上无雨。寒意一波波地从头顶降落至脚底。她想站起来，屁股和两腿麻痹得无法动弹，仿佛已经斜依栏杆上有几个小时而不是一下子，肩膀酸痛，脖子僵硬。她触摸自己的头巾，它是那样轻柔光滑。她从来不曾穿过。

阿米娜。她想。那个总是梦游的阿米娜，她的身体像被什么东西从衣服中吸走逃遁离去，衣服剥落在卧室的地板上。

风不知打哪儿吹来。满天的星星像要落下。她在风中冷得哆嗦，忍耐着，不想起来，实际上也不能，除了坐在梯阶上，等待久坐的麻痹感退去。

弯月倾斜，渐渐落至山后，她看着，心下明白，此刻正是天亮之前最暗的时刻。

　　除了院内的几盏街灯、守卫室与清真寺点缀的稀疏亮光之外，四野漆黑茫茫，再过一会，清真寺的早祷就会响起。它将会强大地淹没山中不知名的万兽与虫鸣奏曲，纯净神圣地响彻这片河流上游内陆深处的密林之地。

　　试图默诵《古兰经》的句子，可是她不记得别的，除了脑海中的这一句：虔诚的心灵如水流过滋润大地。没有下一句了。月影很暗。她看着地面。黑色的地面仿佛深不见底。

完稿于二〇一二年五月

风吹过了黄梨叶与鸡蛋花

灯泡在屋檐下摇晃。

一个念头浮上来，使我心头扑扑地跳，我很想叫阿米娜逃跑。但她的脑袋好像还倒挂在别的地方。脑子里有沙往头顶流去。一个像青蛙那样的人（姑且称之为栖）出现了。但首先必须让栖逆着沙漏往上游，才能使阿米娜意识到栖的存在。莎依玛就在这时候挨近来，阿米娜喝着涩咖啡。一个两栖人出现。凌晨的梦，阿米娜不记得剩下的了。她打开房门，看见一双有蹼的脚。

莎依玛想跟她做朋友，便把簿子拿给她看。当我帮莎依玛把书塞进阿米娜手中时，阿米娜还没回神过来。她一页一页地翻着，字沙沙地往眼角流逝，流进午后大雨哗哗苍白的光里。

依玛好想念阿母、阿爸和弟弟们，阿母什么时候才来找依玛呢？现在有很多新人也加进来了。阿母，依玛希望阿母别生气也别吓一跳。依玛有事情想商量。依玛想结婚了。就算以后要再念下去也没有办法了，都已经停学了。

桌脚旁有一只死青蛙。当阿米娜看到它时，它已经被压成浆了。青蛙比一枚花瓣还小，也许才刚出世不久，一只前肢扁扁地贴在黑黑的地板上，好像临死前已经抓到了什么。死了的蹼显得又扁又暗，特别巨大。

阿米娜看着莎依玛。莎依玛比她还小上两岁。

你真的要结婚了？阿米娜问。

　　莎依玛害羞地说，不是的，依玛只是说说，爱达回家了。前天爱达的父母来篱笆前面喊，说帮爱达申请结婚了，还把证书拿给罗妮姐看，结果爱达就可以回去了。依玛也想回家。

　　阿米娜看着依玛。莎依玛比她还小上两岁。莎依玛一手托着腹部，另一手撑着自己的腰。莎依玛是四个月前进来的，当时看起来只是微胖。她父母把她丢在这里就没再来过。几个月内她的身体就像煲好的饭那样迅速膨胀起来。昨天舍监带她去做检查，护士说，检测结果是阴性。舍监在诊疗所里像疯了一样叫，不可能，不可能！错了错了，一定是错了。

　　莎依玛是不是该嫁人了，她想嫁给谁呢？肯定不是那个强奸她的警察，依玛骂他死杂种。莎依玛有时候晚上一个人哭得发疯，有时候恨得拼命拔自己的头发。可是当她听见歌声时，她会慢慢停止啜泣静下来。于是阿米娜又想想自己。她已经在这里待了四个月。哈芝节的前一天，新的庭令来了，要她再多待四个月。四个月，阿米娜数一数，一百一十二天，两千六百八十八个小时。水沟雨声扑噜扑噜。她跑去了停车场。

　　回来，舍监喊。

　　等人，她说。

　　没有人来，舍监喊，又不是星期六。

　　每隔两周，阿米娜在停车场里和母亲见面。母亲到现在还没能把她弄出去，找人结婚是个好办法，没有比一个伊斯兰教丈夫更能确保阿米娜继续信安拉了。但是如果愿意，阿米娜早就不是问题了。阿米娜不会想嫁给别人。她宁可去死。

　　栖从流沙浮上来，刚好抓着了莎依玛的字。阿米娜看到别人都在这里那里给莎依玛写上一箩箩好话，给亲爱的依玛，生活要常保欢心。大大小小的生日快乐，写了好几页。写字的人好像是用塑胶尺中间的字母空框来画字，字看起来一模一样。阿米娜感到困惑起来。阿米娜想，如果没有人写给依玛，依玛就会写给自己。

　　直到某一页，阿米娜看见蓝色的墨水变成了凌乱的笔画，尖尖地划过书本中央的钉子。

　　我恨，我恨我笨，为何要听从那个烂警察？为什么？也许我担心他会对家人怎么样。伟大的安拉，请把我的痛苦都带走吧。

　　阿米娜感到胸口像给紧紧地钳住。眼睛又蒙了，好像天根本就没有亮过。无论怎么洗，窗棂中间都有一层灰。有蹼的脚贴着墙边无声无息地滑过。有蹼的手像一团雾没能给阿米娜指出方向。雾气渗透了窗，没入地板，阿米娜看见雾侵吞了膝盖和桌脚，侵吞了那只死青蛙。

　　凉了的咖啡搁在桌上。女生下午茶的时间就快结束了。

这些日子我们都不愿再看钟。手指比眼睛还要明白。当咖啡开始变凉，男生就要进来了。

男生坐在西边，女生坐在东边。男生从西边的门出入，女生从东边的门出入。我和阿米娜的眼睛不曾望过西边。十七岁的祖奈达总在中间磨磨蹭蹭。她的头巾垂在胸前，尖尖地掩住了心口。

风把一本趴在地上的簿子啪啪地掀开。

本来已经够薄的簿子，大概有一半给莎依玛自己撕下来了。剩下的也东脱西掉。她的字体歪歪斜斜的，非常难看。是的，莎依玛不爱读书，阿米娜和我也不爱。比起这里，学校其实也没有多好，只不过是为了想见溪，一起坐在黑暗中说话。天还未亮，没有灯，我们说了两年，什么也没说到。有些事情我想知道，有些事情我说不出口，而有些话我完全不想听到。

这些年我真想拉马桶把阿米娜冲掉。

蚂蚁扛走了碎屑，沿着桌脚往下爬。它们的眼睛是否也能察觉水平线的转换？一条路笔直地从头顶伸出来。阿米娜又感到沙子重重地往头顶上方流去。脖子弯弯。一只指蹼正费力地拨开沙子，就像准备在地里种一棵菜。

雨把每个人都囚在室内。户外活动暂停了，谁都不能出去，几乎什么都不能做，除了念经，除了在一堆卡片上抄写经文，再用胶纸贴到墙上去，卡片多到连墙壁都快看不见。除了把地板和窗口抹了又抹。除了看一些教条影片，比如《玛丽亚的正义》或者《泰南斗争纪念日》。到了晚上女孩子就伏在床上，在她们发下来的笔记簿上涂涂写写。

起初阿米娜一字不写，她的头脑已经完全嵌入枕头里。她不相信簿子里那些热烈的友情，毕竟谁都不愿再记得这个鬼地方。每次有人离开，用过的簿子就被留下来，跟一堆空罐子、塑胶瓶和塑胶袋一起，乱糟糟的，乱塞乱扔。雨水打湿，墨水糊开了。

阿米娜不知为何舍监还要把它们收起来。一本一本，叠在图书馆沙发后面的柜子上。

不知道有没有人会读。不知道乌斯达兹会不会真心地帮忙祷告。或许只有万能的安拉才会知道：到底是谁的眼睛在真诚地看。据说这座山谷是暂时的，他们还在找另一块地以便兴建更大更美的信仰之家。我们会离开，他们也会。无论是谁，迟早都会把这座山谷抛在脑后，把整个长长的雨季留在这里，大踏步走下这条马粪与泥泞糊成一片的斜坡路，头也不回地离开。

风在路上打转。

这马瞎了。我对阿米娜说。光太亮了，亮得它什么都看不见。

手在烛火前面搓起来。横砌的木板上，有一匹手影在空无一物的光里奔跑，不一会儿就跑到了尽头。它的眼睛是一颗洞。给烛光照亮的手掌看起来很白，影子很黑，大片大片地吞没墙角。

它跑进了一个很深很深的地方。阿米娜说。她的眼睛还追踪在影子后面。马只有头和颈项，所以看不出有撒足奔跑的样子。

你听到吗？我问。

听到什么？

马蹄声。

当我们上来时，我们都曾经见过那些马，暮雨使它们几乎隐形了。有一只马在草场上跑，头没有扬起来，脖子是弯的，灰色的云都堆到了地上，马好像给囚禁在雨中。

如果在晚上，你便会看见它们站着睡，司机说，根本不用绑，它们就乖乖地站在围栏里，这些都是好马。

车子绕过小径上山，来到栅栏前，其中一个看守人下车去把篱笆门打开。门很重，生锈的尖角刺耳地刮过路面。此时似乎可以开门逃走，但我们仍像死人般坐在车上，因为身边还有另一个人，她紧抓阿米娜的臂膀，那手腕坚如铁箍。

车子穿过栅栏，经过养马场往山上爬去。在这条路上，车轮胎得辗过成堆马粪才来到信仰之家的铁闸门前。这些好马每天一早给主人赶着上山，绕过了铁闸门还往更高的山顶跑去。你可以听出马蹄声消失的方向，沿着灌木丛林与布满石头的山径一路往上，好像高处有一场欢乐的打鼓盛会，嗒嗒、嗒嗒，短促而响亮地消失在后山。

它们都睡了，这个时间不会跑出来。

我说，有的，你太相信司机讲的话。马还在外面，嗯嗒嗯嗒嗯嗒。

那大概是只坏马，阿米娜说，不然就是瞎马，分不清白天晚上。

风在脑子里打转。

sementara（暂时）

到底暂时该有多长？到底超过了多久就不能算是暂时的？时间像硬币。醒了，睡了，再醒，没意思，我说。有意思，老师说。

神的爱就是规律。一位乌斯达兹说。

对神的爱，要为神所悦。另一位乌斯达兹说。如果自由只不过是为了满足低等的欲望（nafsu），那就放弃这种败德的自由。

风吹过了祖父的坟墓，在黄梨叶子上颤动。

nama（名字）

在天花板与墙壁之间，有一条折叠的线。房子好像已被拆过了再装回，好像根本不是同一间屋子。

有这样的游戏：念一个人的名字，跟别人对调了名字，不要留恋原来的名字。如果别人叫了你新的名字，你没回应，又或者别人叫了你原来的名字，你竟错误地回应了，立刻就得"死"。这游戏没有给人第二次机会，死了就是死了，立刻淘汰。

你要接受阿米娜这个名字，乌斯达兹说，这是忠心的意思。

墙上滚着铁丝卷。锤子已经敲下来，把四月敲出一道长长的裂口。有一把声音从外头喊：

阿米娜，阿米娜。

再出世一次。

一只手从我脑子穿过。清晨五点警铃响起。播音器放送的祷告声浩大滚过天空。声音如巨钟从我背后罩落。我顺着它弯进了阿米娜的毯子里。

风把嚷叫声千百里送到鹅唛河边去。

我拖着阿米娜走来走去，像拖着一把沉重的铁锤。我想打烂四周但提不起力气。一丛目光滑过来，我站在院子中间像个疯婆那样骂，看什么看！

最初我的手肘坚硬得像石头。谁也别想叫我的脖子弯曲。也许有人在我背后嚼舌根，也许没有。也许她们会说，阿米娜，比玛丽亚还要可怜。说吧，说吧。啜着怜悯，也许这些句子会使她们好过。

窗帘沉沉。铁丝上的毛巾在滴水。门边的柱子发黑了。玛丽亚的名字像矛一样尖尖地掷到我前面来。七十年代，一个白人女孩，有两家人在抢。养父母是伊斯兰教徒而亲生父母是天主教徒。案子在荷兰也在新加坡开审。草席分成两大张，男的一张，女的一张。电视的光映得每张脸忽明忽暗。呐喊都是配音的。他们流泪诉说着委屈，因为爱和尊严就快被夺走。旁白的声音滚沸，好像这里头是个热烘烘的炉子，不只烧在过去；到现在也还在火上熬滚。

玛丽亚这名字像矛一样尖尖地掷过来，利得几乎可以削掉脚趾。也许已经削掉了。我有一种自己好像消失了的感觉，好像脚不再是自己的。在我背后，别人也许正在一句一句地吐瓜子壳：阿米娜比玛丽亚还要破碎，只有安拉的伟大才能使她完整。也许玛丽亚的故事只说出了一半。既然我的故事也只剩下一半。

风把门吹得磕磕碰碰地响。

hari depan（以后）

阿米娜写。我看住她写。我挨着她，我又来了，从地板沿着她长长的罩袍往上攀。

时钟的发条拧过。嘀嘀嗒嗒。沙子沉沉地流。又一天。又一周。是昨天也是明天。

阿米娜只会写一些单字。这不是我习惯的字。但大家都认为这将会跟着她一生。谁晓得，漫长的一生是多少年。漫长的一生该要披着罩袍面纱，或是披头散发地过。漫长的一生该要不断地自由奋发，或者看穿这自由也不过是另一个幻影。漫长的一生是否要一直换着水平线逸走。漫长的雨季里我们一同无聊地注视着荧幕四方形的光：草萋萋的无限之域，弱肉强食的非洲荒野，一条蛇吞噬喂进笼里的鸡。一只鹿疾逃如风，南半球的群雁北飞迁移，雁声渐渐远去。阿米娜睁着眼睛看，一个无须言语的辽阔世界，几乎无人涉足，如果能够，阿米娜写：那便是重生的彼岸。

阿米娜半闭着眼睛抄。

绿色的板上有白色粉笔写的字，爪夷字都弯弯地卷起来。句子很短，而时间很长，好像时间都不流了，永恒就永远地淤塞在这里。今天讲的是小罪恶。昨天讲的是大罪恶。在阿米娜的簿子里，罪恶们给扯得零零落落，像一大把拔起的含羞草，两手一痛就往畚箕里扔。时间像个手推车骨碌碌地辗过松软的泥巴，往斜坡滚下去。

《古兰经》的声音把嘴们都缝缀起来，他们犯罪地念错音节，犯罪地偷偷漏过几页，犯罪地说谎，犯罪地轻捏另一个人的掌心，犯罪地把别人的头发搓到自己的膝盖上。

犯禁的气味在唇上荡漾，嘴角深深陷落成两颗尖尖小小的
洞穴。

全都是大的，像蚂蚁扛着的碎屑一样大。

风把雨吹得倾斜，把衣服吹得倾斜。衣服几乎不可能
晾干。

muram（忧郁）

在哈芝节的前一天，大家都回去了，独剩阿米娜。每
个小时，舍监的眼睛就像钳子一样到处找她，阿米娜空得
很难受，好像吞下一碗石头、一颗有很多刺的果子。有一
栋空洞的房间坚坚实实地穿过了肺、心脏和胃口。于是，
哈芝节那天，从清晨五点钟铃声鸣叫开始，她把自己扩散
得和整个院子一样大，或者更正确地说，那一整天，她一
路走一路散开。头颅裂成四瓣，一片睡在枕头上，一片掉
在洗脸盆里，一片忘在电视机前，一片给留在针车上面。

舌头留在杯子里。脚趾搭在门槛上。手肘撑在餐桌边。
嘴巴放进铅笔盒，扁扁地盖上。眼睛搁在玻璃窗后。手指
卡在门闩中间。膝盖卷曲，从篱笆跌下来。胸肋落入鲜花
丛中。

无法更远了。外边离手指还有百步之遥。遍地都是阿
米娜。

等阿米娜一觉醒来便会觉得这一切是梦。梦和幻想的

分别是，后者可能带有欺骗的成分而前者没有。哈芝节那天晚上，栖给扔到了围墙边。夜里醒来，树林哗哗地响。有些声音有名字：猫头鹰、窗户、水桶、枝叶、风。但有些没有名字。你惊惧地听，却不知这些声响是否真存于世上。

好比这样的一把声音，它听起来像马：嗒嗒嗒嗒嗒嗒嗒嗒。它在心头上踱步，好像穿过围墙走进来。

我首先梦见栖。栖的手指中间有皮。那皮很软，割的时候很痛，但无法彻底取消，割完后又疤痕累累地长回来。栖的蹼轻轻地拍在口琴后面，像一面扇子。那是一支不成调的曲子，中间夹着一块硬硬的痂皮，厚厚地，沉沉地，在曲子里打着节拍。咯嗒咯嗒咯嗒咯嗒。

风扯直了头发，使夹克的口袋鼓胀。

bahagia（幸福）

亲爱的哥，你好吗？吃饱了吗？喝水了吗？身体健康吗？哥有想念我吗？

这字体又瘦又长，和前面的不同。簿子里有好几页。莎依玛有男朋友吗？莎依玛没有。不是莎依玛写的。整个长长的雨季里，女孩们都在写着思念，但能够读到的总是毫无干涉的某人。当别人翻簿子时，她们就害羞地转身朝向墙壁，仿佛墙壁能抚平激动。雨在墙外下着。不知道要写什么的时候，笔尖就抄着歌词。

如果从来没有爱过，就好像从来不曾存在过。如果上苍能够了解，请把我的心意化成雨落下，滋润大地。

张美兰收。

七月里，母亲给我带来一封信。溪的信件开头这么写，美兰，你还好吗？

雨停了两周。世界几成透明，山壁好像都往后退。我像冲进一大团斑斓的光里，想要张开嘴巴对风叫嚷，声音给高而远的天空吸走。想像马一样奔跑。但那不是让我奔跑的时间。男孩们在草场上踢球。此刻草场是属于他们的。此刻我们是属于菜园的。

只要轻轻一跳就可以倒挂在树上。摇晃，摇晃，头脑里有一朵刚种的水仙怒放。啊，啊。枝丫中间长出了蓝色。我的脚趾飞跃，跳得像疯子。

不只是名字的缘故。

七月过去了，八月山谷再度潮湿起来。阿米娜在停车场上昂头看雨。雨像针一样从高空降落，直到集体粉碎才哗然巨响。怀孕的母猫拖着肚子沉甸甸地走，可怜。这样的天气真是无聊万分。

这样无聊万分的天气，等待的人没来，阿米娜感到头里的沙子都斜滞到一边去了。那以后很久都没有恢复过，阿米娜伏在枕头上，一笔一画、一字一字地写，最初每句啜着可怜可怜可怜可怜都快写不下去了。两支蜡烛，把阿米娜投出两个影子。我们为什么那么奇怪呢？她咬着我的指甲，老半天一直看着墙壁。蜘蛛爬过阿米娜茫然的目光，好像爬在墓碑上。哈芝节过后的第三天，清晨五点钟，当风把门推开，栖就进来了。

在毯子前面，我们俩第一次同时看到栖。额头触地之后，我们抬起头来，同时看见眼前地板上那串潮湿泥泞的足迹，以及栖那双长蹼的脚。栖就像是上苍应允我们祈祷的礼物似的。栖看起来骨节嶙峋，干燥瘦瘪，鳞片都快大过了身体，好像一只刚从沙漠回来的青蛙。栖为何长得那么奇怪呢？背对烛光，我们注视栖隐没之处，像注视着一面暗掉的镜子。这问题像蛙卵一样藏在沙漏里：是谁把栖生成这个样子呢？明白到这就是我跟阿米娜召唤出来的答案，我们心情起伏，不知所措，茫然地度过昨天大前天直到——时间像压缩机把一切辗平成卡片似的飞逝没入无垠黑暗。阿米娜和我宁可相信，栖是从天上掉下来的，就如雨从高空落下，想想看它的路途有多远。

风把雨伞吹走。雨伞翻着筋斗飞过草，滚到围墙边。

lari（逃跑）

很难分辨，这个故事到底是我写的，还是阿米娜写的。有时候我帮她编故事，有时候她想纠正我的说法。更多时候我们分不清这些句子到底是哪个人的念头，就像栖的来源，栖的祖先来源何方已不可考。反正最初应该是落到水上（因为海实在太大了），然后才慢慢移到陆地去。祖先沿着海岸线，一直走一直走，一个沼泽、一个沼泽地搬迁。所有的沼泽都善于吞噬脚印和名字……

这似乎未免太过浪漫。也许我们对栖的想象都不对，毕竟我们以前都没真的想过两栖人。别说栖，就连阿米娜，我也是极不愿去想的。最荒谬的莫过于，我竟然一度幻想栖是我们的守护使者。尽管我已经从乌斯达兹那里知道，守护者是西方的概念，《古兰经》是不屑的，还有人说，天使乃是安拉的仆人，故和我们的蹼人也沾不上边。然而我还是无法遏制地幻想，两栖人就睡在我们身旁，带着它嶙峋的鳞片，一枚枚硬化的痂皮。这梦挨着我们，潮湿而冰凉。

无疑孤独是产生这些幻想的根本原因，实际上栖又瘦又小。在我的幻想中，栖却又高大又健康。我总是不自觉地靠幻想来舔舐伤口，不管是在晴朗的日子，还是在雨季，幻想没完没了，既然孤独是不能消失的。或许你会说，孤独也可使一个人变得坚强。然而这毕竟是不会终止的回转木马。孤独，疲弱，幻想，幻灭。当幻想不胜负荷时，你终于发现现实为何，幻想烟消云散，于是你别无选择，忍耐孤独直至你习惯它，然而这从来没有真正痊愈，等到脆弱来袭时，一切便又再度重复……靠着如此反复重来的考验，这般坚忍是否就会使人变得强大？如果我信仰神，那我无须再独力扛这问题。然而如果我选择不信神，那孤独就是我自己的石头。那么可怜呢？一条乞讨的老狗？我觉得可怜是当一个人根本不敢去问。你不知道该怎么问，宁可站得远远的，宁可相信自己安慰自己的话。说起来，我真的是不太想讲阿米娜的故事，她总是让我觉得可怜兮兮，但有些事不是你说不要就能不要的。在这个故事里，阿米娜比我所知的要更温驯得多。无论如何，我是善于逃跑而不是善于反抗的。为了逃跑，我的眼光逐渐往外移，投落到其他地方去，盯着前面那盏不再亮的日光灯，这道灰色的粗线看起来就像墙壁上的褶缝。当我在自问自答时，阿米娜不见了，栖也化作一道缝隙遁去，也许栖回到水的下方去了。我给栖想了一个这样的窝：四周只有萤火虫微弱的光，暗漆漆的河水浸透长苔的石头，窟窿上的旋涡汩汩拍打栖的耳朵，汩汩地，汩汩地，渐至远去……就像当年逃避敌人的祖先那样，栖沉沉地跌进祖先彷徨的梦乡。

　　落到地上的祖先非常恐惧，他用上了一把刀。他在田边看见一只长角的庞然大物，凶猛地朝他冲过来。他沿着田野的泥路奔跑，死了牛的村人挥着锄头与镰刀在后头追。田野辽阔无可遮蔽，他惊惶地寻找庇护。他拼命逃，最后逃进了皇宫。在花园里，苏丹正在散步。苏丹看见了栖的祖先狼狈的样子，也看见了后面愤怒的人群，于是他说，让我来保护你吧，不过你要来做我的孩子。

栖在石头上的汩汩流水声中睡着，一如多年以前，每晚必须潜入河里逃避敌人追捕的祖先。在栖的梦里祖先依然在发足狂奔。他的两脚张开，轻轻一跃就飞起来，悬在过去与未来之间，一边对他来说似乎很亮而另一边很暗，世界像烟一样缭绕，时间如暮雾。他的包袱掉了。脚上的蹼张开如雨中之伞。他的身体就像在跳舞，轻得像纸一样，像泡沫一样，像回声一样。

刚出世的青蛙跳在路上，不比一滴雨更大。路都接得歪歪斜斜。踮起鞋尖，跨过一摊积水。长长的裙摆上上下下地提起又散落，白色的是袜子，黑色的是鞋子。

风越过路人嘚嗒嘚嗒的脚步。

有两个人跑掉了。宿舍里的女孩们都在说。她们的声音在洗脸盆与毛巾之间走来走去，在镜子前面磨磨蹭蹭。灯泡坏了很久，整整三个月了。大家看着烛光。舍监们晚上不睡这里。才十点钟，篱笆门就锁上了。

他们找了整天，东南西北地往每条路找。

逃走其实不难。爬篱笆门也不难。难的是要跑去哪里。

麦当劳，KFC[1]，一个女孩说，随便哪一家，饿不死人的。

我耸耸阿米娜的肩，阿米娜。我唤她，搔搔她的心口。

阿米娜低头看着脚尖，好像我住在她的脚尖上。他们容易，我很难。她说。他们容易因为他们是自愿进来的，但我不是。那几个人找不到，也就算了。我要是不见了，全国的警察和电视就会吵。

阿米娜的手在烛光前卷起来。她的马几乎是瞎的，光太亮了，迎着光海，什么都看不到。栖带蹼的手夹在我们中间。栖玩的手影没有眼睛，所以栖的手影很不像样。手影多数都有眼睛，起码要有一颗给光刺穿的洞。看着墙壁，有一片影子模糊地飞，很难说它是什么。栖的手影总是闭着眼，在光里惊惧地跑过。有时候我很清楚，栖不是我们的守护者，或许栖对我们而言颇接近图腾，但喻成图腾也不对。如同我先前所说，栖是真实的，栖跟我们很亲密，尽管他像个不能见光的幽灵。而且梦见栖的不只我和阿米娜。栖如果不是集体的瞎盲，就是眼中的砂子。栖也像一栋我们共同栖身的房子，我们要走的道路，我们的毯子、行李和衣服。栖的声音低低沙哑的，直接从我的脑海流进阿米娜的脑海里：以后你要有足够的机灵。你将不会完全

1　除了 KFC，文中所有的罗马字母词汇都是马来语。

自由，但是也可以有点自由。

当然也要有点好运气。

栖给的很少，就只有这些。

风俯瞰整座城市的山巅。

栖逃跑的时候活像冲出自己的腹部。栖的衣服像网。栖逃出了梦，活生生地在街上晃，活生生地穿过禁止进入的门，做被禁止做的事。栖有两张脸，这两张脸救了栖。

据说这里的地原本属于军营。在围墙的一边总是冒出枪声，哪怕雨季里他们也在练习。兵士的喝声从山林传来。我想象那靴子上的泥浆，那些抵着太阳穴的手指。

长蹼的脚能不能跃过这样高的围墙。阿米娜不知道。阿米娜看见一双长蹼的脚，两脚悬在空中，轻轻一跃就飞起来，趾蹼张开。

悬在空中久久才落下来。

树梢上长出了猫头鹰。它飞走时不叫。

一条大水沟，葱茏覆盖的小径。对面的篱笆只有一层铁丝网。铁丝网后面有一条小径。往左是山里的军营，往右是通向下山的大马路。大路边有个车站，你可以搭黄色小巴直抵首都的北站，那里每条街的快餐店都贴着待聘的广告。

我不管别人说我什么，他们并不知道我在想什么。我才不管别人说我是什么人，阿米娜愤怒地在簿子上写：我是我。

首先你得自由。鼻尖说。愤怒撑不了多久，鼻腔就塞着了，好像给抛进海里，咸死了心脏、肺和胃口。簿子翻折起来，给手肘和胸腔压得烫烫湿湿皱皱的。栖的噗一下一下地拍着口琴，栖的口风琴在胸腔底下吹送。有些颤抖，把腮叶凉凉地掀翻。

我要爱。鼻尖酸酸烫烫地说。如果因为恨了不爱了，那就真的像是坐在监牢里了。

风吹过了凤仙花。

孩子要出世了。莎依玛说，他在里面踢我。

没有哪只手可以捏造出人的影子。从来没有人能够。不可捏造一个人。这专利当属于神。

只要站起来就能看见。蜡烛把人的影子放大了。风吹动时，阿米娜好像看见栖在墙上跳起舞来。后面的女孩在唱歌。声音起初低低沉沉，歌只有一支。

夜幕低垂的夜晚只有我孤独一人，请给我时间，待我洗脱罪孽便可以回归，寂静的夜里我独自洗净自己，好让我欲望的心再度恢复光亮。

偶而忘记了歌词她们就用笑声应付过去，笑完了又再继续唱。你为什么总像云雾的影子，我为何又总像觅饵的鱼？空气又湿又闷，门窗只开了一点，因为如果风太大蜡烛就会熄灭，用手护着，免得给风吹熄。既然季候风已经过去，不要在海边空等待。不要把希望寄托在梦中，因为等梦醒来便成一场空。蜡烛的影子在屋顶上晃动。屋顶的横梁像骨头那样撑着夜空。有个女孩一直在掩脸掉泪，对不起，对不起。整个长长的雨季，她们都用来等待重生，重生。重生以后，我再也不会是以前的我了，有个女孩这样写。

草爬上了屋顶，无声无息地裂开墙缝。白色水仙都在七月里绽放，拖到九月才被雨打烂了。

阿米娜，你觉得乌斯达兹哈密怎么样？

莎依玛小声地问阿米娜。

每晚乌斯达兹在祈祷所念经时，依玛都希望长出翅膀飞到那边去。

阿米娜听着，脑里一片空白。她看着莎依玛的肚子，再看着莎依玛的脸，然后再垂下来看莎依玛的脚。

请阿米娜不要笑依玛，乌斯达兹不知道。莎依玛说。依玛想要爱，不知怎么就爱上了乌斯达兹哈密。

她在胡说八道，我听到阿米娜对她自己说。他们强迫我们，才把大家的脑子都搞混了。阿米娜迷惑地面对莎依玛。她忍住什么都不说。但她的迷惑刺激了我，使我又钻进阿米娜的眼睛里，从她鼻子上面看着莎依玛。莎依玛似乎正在忍耐着，又像在微笑，她的嘴弯弯的，鼻翼扩张，靠着床头，按着胸口大大地呼吸。

依玛也觉得，这样怀孕了真是丢脸，莎依玛说，可能米娜很讨厌乌斯达兹，但是哈密不一样。阿米娜，米娜请不要鄙视依玛，依玛很怕被人家笑。依玛有时候忘记自己大着肚子，连孩子都要出世了。

每次我忘记时，他就踢我，莎依玛又抚摸自己的肚子。

阿米娜闭紧嘴巴，蟋蟀唧唧地叫。歌声在天花板下此起彼落。呀安拉，请把我的痛苦带走，请赐予我平静。无论是我或阿米娜都很少听马来歌。它们本来都像是模模糊糊的音节，跟蟋蟀的唧唧一样。但忽然我听出了歌词，那些我原以为是神的歌，旋即都成了一首首情歌，不，也许其实本来就是情歌。我期盼着他的影子，在薄雾的黄昏。在薄暮色的黄昏，潮水不懂从什么地方来，瞬间涨到胸口。把眼睛埋进水里，可以看得见信仰之家，看见野草像变长了的头发覆盖着睡在我们中间的巨人。在巨人的梦里看着这一切，好像看进别人的窗口一样清楚：我拉着阿米娜，我讨厌阿米娜，我曾经想生下不一样的孩子以稀释掉她……但是事情很难说，每次想到可以永远抛掉阿米娜，我又会彷徨起来，要决定这一切是如此困难。万一哪天我竟然想要回阿米娜呢？除非我可以跑到远远去，非洲大陆，南美洲草原，洛矶山脉的山脚下，那种像梦一样的地方，而且是去了不后悔也不会回来的地方。

　　风吹过了外婆的坟墓，在鸡蛋花瓣上颤抖。

　　每隔十四天，我和母亲在停车场的亭子里见面。她总是准时到，而且从来不曾缺席过。我签名的时候数一数，她总共来了九次。父亲，只一次。我不知道这是因为他自己不想来，还是他们不给他进来。访客很少，停车场上麻雀低飞。守卫的影子缩在远远的杜果树下，抽着烟。那烟白亮晃晃地在树后冉冉上升，那树干因雨濡湿而显得发黑。

　　这几年我都是傻人在做傻梦。她说。总之时候到了也该醒了。我只是受不了他看我的眼睛，我欠他什么？以前我可没有迫他。

　　那我什么时候回去？我问她。

　　母亲的表情垮下来，她的脸很老很皱，好像被岁月彻底拧干。

　　等你出来以后，我就帮你换学校，好一会她说。你喜欢去哪里就去哪里。

　　我想跟她说不用了，但在心里研磨很久什么都没说出来。对于像我这样的人，也许所有学校都有类似的尖矛，他们就是要我在这里待上九个月。好像我的时间比别人迟上整年都不重要。我想象着离开以后要去的地方。很久很久以前就有的愿望。不靠乌斯达兹，不靠舍监，不靠任何宣称对我有爱心的人，我要在一个远远的地方像孩子那样重新出世。我要自己生下我自己。

还有没有信来？我问她。

没有，她说。

她看着我，她的目光像手帕一样落在我脸上，我想我的脸大概很不好看。在潮湿狭小的亭子里，在白得几乎使一切透明的光线中，我们除了看看对方，吃着她带来的东西，几乎再无别的话说。人家都说我们像镜子，在我们中间有一面镜子延迟二十多年。我极力想看出那面镜子的教训与喻示，但它是个谜，我不能看透而她也不。

风吹过太阳晒着的鞋子。

运气不会永远都是坏的。两只猫在不远处咆哮，它们已经斗得两耳血迹斑斑。一颗果实滚落屋顶啪的一声掉下来，还没成熟就烂了。一只鸟两脚朝天死在地上。阿米娜四处寻找好预兆，没有好预兆。于是，我只能这么说，这里有更多坏预兆。

无论如何信不再来了。一切对我来说变得难以忍受。世界飞速旋转把我抛弃在轨道之外。隔离没有效用，你的名字从我肠子里剥落，我想把它喊出来，潮水就酸酸地浸透了胸口。我看着树，看着前方，空空荡荡的路。风一吹过树下就落一阵雨。站在栏杆前，你可以感到整座山谷都滴着水，雨水使得一切都发黑，窗棂，树干，屋顶，柱子。鸟在屋顶下的破洞里做巢。一场大屠杀之后，劫后余生的蜘蛛又张着长长的脚在天花板下栖息。院子里猫粪尿骚味扑鼻。

莎依玛去生孩子了。舍监去了医院，现在只有两个懒惰的守卫，他们蹲在杧果树下抽烟。他们会抽上两三个小时才起来巡逻。

把抹布扭干晾在栏杆上，收起栏杆下的鞋子。鞋子还有点湿，把两条鞋带绑一绑，就挂在肩上。

风啪啪地掀开一本簿子。

"栖的蹼手给我找来了一只梦游的马。一只不睁眼睛摇摇晃晃的黑马。它跑起来很静，如落地的影子无声无息。当我骑上去的时候，它就像时光穿梭机一样带我离开了。两个守卫甚至察觉不到我们正在越过他们身旁。最多只会感到一阵风，好像有什么从院子里过去了，但一瞬之后，他们就再也察觉不到了。一切正常，没有人会记得曾经有个阿米娜住在这里。档案里的阿米娜会变成空号，他们可能会因此感到费解，那些在线条上的空白之处到底原来有些什么，橱柜上写满字的资料去了哪里，更久一点以后，路过的人可能会想，这里的人都去了哪里呀？而这座山谷，这些破落的瓦砾到底曾经是什么地方，还有这片像废墟一样的空地，满地的碎玻璃，覆盖残迹的翠绿葱茏……疑惑想必会在瞬间闪过，但不会在心里久留，除非有人努力去找，也许会有人想起来，但他们会这么做吗？比起玛丽亚，我们只不过是一个失败的话题而已，一个想不起来的梦而已。

"赤脚踩着马镫，紧抓着缰绳，两脚夹着它的肚子。别给它甩了，要学习怎样驾驭一只瞎马。或许其实我也是盲目的。自由像跑下山时一朵灰尘扬起的花，不动时就什么都熄了。我想要远远地离开，在无人认识的陌生之处，不带欲望地生活，我不是不害怕的。谁知道能不能办到呢，抹掉过往痕迹，从这个位置消失，他们再也不会听见任何消息，也不会再知道我的任何事情。

"以后得机灵点，我对阿米娜说，也不知是谁带着谁。

"阿米娜静静地，她没出声，她暂时不会再出声了……现在，该到哪儿去呢？要到哪里才能真正平静无痕地生活？到哪儿去才不再害怕孤独？如果害怕孤独，就免不了跟人有牵绊，有了邻居、朋友、爱情……欲望就会再度把我卷回来，使我再度回到这张烦恼的网中。那时就势必无法逃避成为一个什么人，不能再与世隔离无牵无挂地活着，那要成为谁？阿米娜？张美兰？也许都不。也许哪个都可以。然而，谁知道那时的我是什么东西呀？但是如果当谁都不要紧的话，何不现在就放逐自己，就在这里，继续当阿米娜。

"不，必然是有选择，如果爱上什么人，我可以选择要跟他一样或是不一样。有一天我也许会当回阿米娜，也许不。这一切，都是难以预知的。怎能知道呢。我甚至不知道，该从哪一刻出发，从此离开这座山谷呢。

"最好的去处或许还是那些大草原。或许非得如此，我们才能真正地逃走。然而，这么彻底的遗忘还是使我受不了。我说不清，到底这会使我们放心，还是更伤心。"

想到这将是彻底的消失，眼泪就冒出来。鹅唛河长长地流淌。为何会这么悲伤，为何这一切是这么让人留恋啊。

"无论如何，我们只有这只瞎马了。穿过喧哗如海的树林，沿着鹅唛河往下走。摸摸马耳朵，赤脚踩着马镫，我要学习怎样驾驭一只瞎马。我感到阿米娜和我，互相如厚厚的痂皮贴着心脏跳动。太阳从树梢爆开使我双目麻晕。阿米娜，我唤她。她静静地栖息在我里头，以后，我们是彼此不容彼此否定的秘密。马很静，石头很滑，树林很密，海岸很远。"

有一瞬间我盯着一根草，一动也不动地，看着一丝颤动的碎光久久。当你什么都不说不想时，好像有些什么就沉到泥土里去了。等到一切就要彻底熄灭时，我就从心里对空气说，请把我的想念吹过去，顺着这道斜坡滑下去，沿着外面的高速公路，越过田野和地衣密密的园丘，经过货柜起落的码头，爬上斜坡，越过隆隆驶过的货车，叮叮作响的火车栏杆，吹翻路上的草，把枕木中间的砂粒弄得一颗接一颗地翻滚，但不要扬尘，一直到他家外面，翻过篱笆穿过橘柑树。如果他感到闷热，他会舒服愉快。

一会儿，树海嚣喧。风就从高高的天空扑下来，落到我身上。

雨停了两天，叶子开始沙沙地走路。我和阿米娜静静坐着，在阳光下晾干脚趾。

原刊《香港文学》，二〇一三年三月

十月

每天晚上都诱使他做海的梦。

——三岛由纪夫

刮北风了。

寂静像滑落海湾的岩崖。

海风吹过菊子的鬓发与花卉缤纷的衣领。这是十月，季候风交替之际，风向乱窜。早上可能还刮着西南风，到了下午就转成东北风了。这些日子出海也很危险。本来要去苏禄岛的，说不定半途就会漂到巴拉望岛去。如果去了太平洋，就不必指望回来了。

本来应该静止无风，因为气球在风里。然而当它停顿、转换方向之际，一缕暖风忽尔飘过。此时你看见大地滴溜溜地在眼皮底下转圈，屋顶、船桅、人群粼粼发光如众星围绕。海湾像个蓝色的盘子，慢慢自西转到东。气流虽静似无，但你知道它在推送，须臾海岸就在脚底下徐徐退后。大海如织，闪烁炽热地滑来。

这不是飞行的好季节，但北婆罗洲特约公司的高官金森魏（Sir Kimson Wings）爵士仍一意孤行，因为荷兰来的汉斯（Hans）告诉他，山打根（Sandakan）的风势最稳。

"风转向了，"爵士说，"大雨恐怕就要来。"

汉斯说："下雨不怕，热气足，照样飞。"

"不会掉下来？这很好，"金森魏说，"菊子你先上吧。

来个女空中飞人，在吊篮底下接个秋千，你会喜欢的。"

放屁，菊子心想。"亲爱的爵士先生，我原来以为只需要站在吊篮上绕山打根一圈，"菊子说，"您说还有一艘设计得美美的船给我坐。"

"刺激一点会更好，来点精彩的！我要使山打根火红起来，让世人瞩目。这个地方以后可以办气球大赛。"金森魏说。

十来个助手在草坪上围着气球散开，竹竿一支支举高了抵着球上的网罩。唯恐热气一泄，气球塌下烧焦。

早晨的风轻柔，但金森魏先生的腮须上，都是亮晶晶的汗水，背后与两腋下方湿了一大片，他背后斜挂一个白色的长筒，里头大概装着望远镜。他兴致勃勃地在篮子里转了一圈。这篮子可装三四个人。菊子好奇地探头往里看，看见在气球下方，有个小碳匣，里头燃着一枚金黄色的火焰。

要上升，就点火，汉斯说，点了火，它就会很快上升。

汉斯先生长得瘦小，讲话时眼珠子一直往上翻，好像脑海里有个放映室似的。他解释怎么打火，怎么接热气筒，怎么开关泄口来升降。至于方向，他说，很抱歉，这种简单的装置没办法，除非是齐柏林。

可惜，齐柏林，我不会。他抱歉地说，我只懂热气球。

那就算了，金森魏说，谁他妈的要德国佬的狗破烂！

啊，这个没错，德国人，就是没趣，汉斯说，飘浮，就是飘浮，就是纯粹地离开大地。

菊子撑着阳伞静静聆听。火在嘶嘶细响，不知道乘着它飞行会是什么滋味。

这气球是这么大，气管又似乎太小，等了好久，它依然扁瘪瘪的。直到雨丝沙沙地落在伞上。四周变暗了。

屎，遮拉咳¹，混账！金森魏爵士说。

不用停，可以，汉斯说，继续，烧。

这是徒然的。雨丝斜飘，裸露的脚趾与脖子变得又湿又冷。红气球渐渐瘦下去。终于一阵风吹来把它压倒。它斜斜地、巨大地倾倒在潮湿的草上。

火熄了，他们只好把它拖去棚下避雨。

金森魏百无聊赖地望着灰蒙蒙的草坪。

你明天最好给它飞，巴锐²，你这样浪费我的钱和时间已经两周了。

汉斯抓下帽子，扭干它再戴回头上，它皱得有点可笑，活像顶着一块抹桌布。这气球可能，哪里，有个缝，他说。这缝很难找，因为这球有三层：塔夫绸、纸、塔夫绸……

你要是个男子汉，就克服这个缝。你难道没长家伙吗你？金森魏不耐烦地吼他。

金森魏爵士脸上一绺黑髯，长得很像海报上的耶稣。

1　遮拉咳：Celaka，马来语，意为"倒霉、不幸"，口语使用有发泄怒气与懊恼之意。
2　巴锐：Palui，苏禄语，意为"笨蛋"。

他在北婆罗洲已居留超过三十年，比菊子待得更久。早年驻扎亚庇（Api），靠着枪炮火弹，把附近的海盗杀得屁滚尿流，连横行南洋海域超过三十年的曹家父子都给吓得销声匿迹。近年才调派山打根。部队里除了锡兰（斯里兰卡）与孟加拉来的士兵，也有一些杜顺人，他们熟谙地势，专门追捕那些从监狱逃跑的犯人，耐力与脚力都出了名。

各种传闻把他说得像洪水猛兽，菊子面对他也有些战战兢兢的。

然而，犹记最初在教堂里见面，他蹲下帮她把勾着的裙摆从长椅子凸出的木条拆脱下来，那股温柔很难不令人心动。每见一次，就越发感到对方难以捉摸，菊子觉得自己仿佛是在跟一丛同株分岔的异人打交道似的，他里头装着一些小孩、一些老人、一些男人，甚至也可能有一些女人。此刻，坐在爵士身边，菊子心里有不妙之感。炉子上的火焰像烧进了太阳穴里。她知道那在铁丝上融化冒泡的是什么东西。但大门已砰然合上。那个平时一脸傲慢、站在客厅四周脸色阴沉的总管，也不知溜到哪里去了。屋里的女佣越来越少，使她不由得怀疑，爵士是否都把她们吃了。她记得第一次进来时，在那场热闹的筵席上，有个厨娘走到餐桌前失魂落魄地跌落一盘烧鸡，脸色青得就像等待枪毙。

金森魏其实不喜欢用枪。他说他比较喜欢用鞭子，而且"还要按照马来古法执行"，鞭后撒盐，浸河口，敲铁钉，往七窍塞泥和蚯蚓，"那些贵族真加（jin-jia）gila babi[1]"，吃饱没事干，还记授成典。

"可惜他们现在信伊斯兰教了，"爵士一脸惋惜地说，一边托起一支长长的烟杆，把烫热的铁丝探入凹斗里，一撮黑膏轻轻抖落，"总得有人继承。"

那个含卵小子还没死过，他说，他不知道我是谁。

我要把他送到那些荒岛上，一座岛就一个刑法。

过后他没再说了。他深深地吸一口烟，这烟从鼻子呼出来白茫茫地弥漫散开，眼神变得柔和惬意。稍后他把烟杆递给菊子，朝她扬了扬下巴。

菊子起初不愿意，但不知怎的还是照做了。烟在眼前袅袅缭绕。

有一封信笺被火焰跳上来，迅即吞没了它。

时间嘀嘀嗒嗒地踱步。厅里悬着一张地图。菊子只知那是地图，却不知图上画着什么。上面也许有日本，因为有一次金森魏爵士跟她说，你看见了吗？这个从裤裆飞出来掉在太平洋旁边的小鸡巴……你们的天皇只是上面的一只小小阴虱，打从娘胎就躲在女人耻毛里，连蛋连脑都没有，就想吞山东。

他把她翻倒在一张奇特的椅子上，那张是牛角状的椅

1　gila babi：马来语，gila 意为"疯"，babi 则指"猪"，二词常连用。

子，循着它岔开的道口，再把她双腿扯开。鸡芭忒底[1]，他说。大林公[2]的女人。

她感到自己是如此羞惭。从额头开始，那欲望如潮涌至两腿之间。她很焦虑，又极渴望。她想抚摸他，抚平他的焦虑。但他不再提那个让他生气的毛头，似乎根本不把总督府的谕令放在眼内。

信在桌上已熄灭成灰烬。

天窗上最后一抹金色的余光，让她想起米歇尔教堂的圣坛。她曾经对那无数个周日神父冗长的祷词感到万般不耐，那些根本听不懂的英国口音，跟眼前这位流氓混合了本地苏禄话、客家话而杂七杂八的英语比较起来，前者真是过度高尚，而后者说的每一句，只要听懂了就会让人感到屈辱不已。暮霭渐渐降临，厅内只有那个烤鸦片用的小火炉在发亮，而这个正在赤身裸体俯视她的流氓，天啊，我的主，他们长得多像啊——菊子心里再度惊颤。某些时候，幻觉压倒一切，她感到金森魏爵士与裴守清牧师像给八月劈开的两个孩子。她注视着他皮肤上的颤抖，那种像水波一样的紧绷与放松，然后她想象着那里面的灵魂。一念及此，便滚烫战栗，几乎就要昏厥过去。

---

1 忒底：Getek，苏禄语，如同马来语的 Gatal，意为"发痒、发骚、淫荡"。
2 大林公：Telingung，杜顺人部落中的神话生物，原指"长鬼"，用来骂人搞怪、笨蛋。

　　如果您鄙视我，她想，这样我好痛苦——

　　这真叫人想死。世界在两片暗潮之间闭合。当金森魏把她放下来时，两人在波斯地毯上搞得不要命似的。此时的金森魏异常甜美，就像花蜜，菊子则像刚孵化的虫子那样渴望吮吸他。结蛹是容易的，回去洞穴里睡到天昏地暗就更容易。但她感到自己很老了，如果再害怕，时间的门就永远闭上。因此便做了和从前完全相反的事：把碍事的壳刮掉，冒险把身体拔开。这就像脱光衣服扑进山谷里，再柔软的泥也会生出尖刺飞来的幻觉。一枝一枝，像雨后的野草疯长，一擦过就没入骨头里，把身体搅得直滚冒泡。

　　但从九月开始，菊子就下定决心，即使这些刺都是真的，也要爱它。

　　雨越来越大，哗哗笼罩。一刹那间亟欲去到远方。然而这天空不会变，除了这滂沱雨夜，哪里也没去成，陆地都很远——乐园却很近了。

　　天窗凹沟的雨痕都看得清清楚楚，波浪屋瓦仿佛触手可及。

　　婊子，金森魏说，跟拔掉船栓一样。

　　他弄痛她时，她立刻下跌至谷底。一会儿他很体贴，便再度悠悠浮上来。

　　这当然不是真的，金森魏是金森魏，裘牧师是裘牧师。菊子对自己说，当鸦片的刺激退去之后，早前的痛楚又重新卷回。她静静地穿上衣服，并仔细观察金森魏爵士的脸。

在某一瞬间，她可以肯定，那是因为颧骨的缘故，它造成两颊线条拉长的效果。而且，再加上眼神凝视的专注，以及翘起的嘴角，使得他们两人的脸上，有着近乎神秘的重复特点。他们彼此长得多像啊。她想，恐怕只有我发现这一点。

认识金森魏爵士才不过两个月。爵士当时和她隔着走道，坐在另一边的长椅上。那时裘牧师已经坐船回去了，说是回去争取友人支持。待三个月以后，就会搭下一季的船回来。但估计很快地，牧师就会再度离开山打根，和同盟会的人一起去广州起义。

菊子本想安安静静待一个早上，待得看清对方的脸之后，便觉得有什么把自己勾住了。走出教堂时，脚步一乱，差点摔在阶梯上。

那个对天主虔诚，一直说服菊子上教堂做礼拜的怀特牧师，怎样都没想到结果只是促成了菊子跟这个有爵士头衔的大流氓混在一起。

大约是去年年初，怀特牧师亲自上来菊子开的咖啡屋，跟她谈耶稣。他来了好几次，把好几节诗篇译成日语，念给她听：我的心哪，你曾对耶和华说：你是我的主；我的好处，不在你以外。不过菊子听了无动于衷。除了一句，她因为愤慨而忍不住笑起来。

祢赎回我生命。

菊子不是不愿意相信。但是，她问怀特牧师，我已经赎回我自己啦，到底上帝还要怎样赎回我呢？

菊子南来二十多年了，土番话、客家话和英语都会听会说，但要听懂冗长的礼拜宣道还是困难。农历新年过后，二月底，山打根还刮着北风，怀特牧师又来日本街找她，告诉她，他终于找到了一个日语流畅的牧师来给日本人做礼拜。

那牧师来自台湾，据说两年来一直待在亚庇，最近才搬来山打根，他来到之后，就直接找上巴色会[1]。经过通融，巴色会答应让他们借用山打根堂的厨房做礼拜。

周日早上，厨房安安静静，无人吵闹。信徒很少，七八个日本产业垦殖可可园的日本工人，当中也包括两个台湾来的中国工人。菊子找了草纪子和花贺美子结伴，三个人一起走路，或搭人力车，从直通海港的大街，拐进新加坡路，踩着木屐咯嗒咯嗒地上来。

正襟危坐，呆坐桌子末端。

厨房里一排长桌椅，光从后门扑进来，清晨空气沁凉。

菊子记得很清楚，三月里她进来那一天，她看见这位牧师站起来拉了拉自己的衣服，他从厨房柱子上悬着的一

1　巴色会：Basel Christian Church，十九世纪末就开始在北婆罗洲设立第一所礼拜堂。

个布包，掏出几本小册子。虽是大清早，但他腋下已经透
汗，不知为何，她就放肆地盯着那么大片的汗液痕迹，以
至于他终于觉察到这股不寻常的视线，而转头好奇地看她。

她忽然感到拘谨且害羞起来。

牧师的眼睛像孩子一样注视人。他介绍自己来自基隆，
那里也是个港口，他说，那里的山坡路跟这里一样斜。他
在一块黑板上用粉笔写上自己的名字，裘守清。脸孔干干
净净。知识丰富，从天文地理至部落神话，几乎无所不晓。
她渐渐习惯从长桌的尾端看他。他很纯质，这种气息几乎
未曾于任何人身上见过。很久以后，菊子才意识到那种奇
怪的感觉是什么。这就像漆黑的屋里开了一口窗。

菊子想起天草岛，虽然早已把家乡忘得差不多了，但
菊子却想起了又干又硬的沙子。因为天草的地很饿，每年
吞掉许多人。有人就这样嚼着沙子死掉。地里的死人比活
老鼠还多。家里暗得像鼠洞，母亲一年比一年瘦瘪矮小，
好像正往地里陷落，有什么东西从她的脚底把她拉进地里。
直到某年冬天，母亲不再要菊子了。菊子喝了点姜汤，跟
一个陌生人走。菊子的哥哥对她说，如果你不喜欢，行船
时就跳海吧。十岁的菊子没有跳海，死比饥饿可怕，窒闷
的木箱又比死可怕，但她没有机会上到甲板去。现在菊子
却觉得她有点想从高空跳进水，把什么东西给捡回来，只
是有很多很多已经给冲到海底去了。

虽然说不上这究竟为何，但她又重新感受到遗弃这件事。

不是被人遗弃，而是被我所遗弃的。

本来以为不好的，现在才发现原来也不是不好的，就不由得伤感起来。这心情就像团雾那样。菊子没认多少字，片假名识得少许，汉字都得靠牧师讲道时才一字一字地学。多奇怪呀，他甚至不是真的日本人。这总该是神的召唤了？矛盾的是，那些神圣的故事，或句子，读起来既让人感恩，同时又让五脏六腑搅动。神既慈爱又暴怒。

彼得城中的背叛：鸡鸣以前，你要三次不认我。想想看他整晚多么煎熬。

有时惘惘，便想不如还是什么也不懂地坐在教堂里，那样还更觉得四周圣洁芬芳。尽管如此，只要目睹裘牧师热心的模样，顿时便觉希望迸发。然而每每听或读至残酷之处，又不禁心悸。喜与惧如旋风卷来。但勿否定，勿阻挡。天空中自有道路。

五月，她第一次听到辛亥革命。牧师谈到孙中山，菊子对这名字并不陌生。这些日子，就连人力车夫也常把他的名字挂在口上。在山打根堂附设的办公室里，那些客家人理事也在墙上挂了一张孙中山的照片，常看到有人对这张照片鞠躬。

　　这一年的山打根有些乱糟糟的。有时候，菊子会穿起旗袍，脱掉木屐换上尖头绣珠布鞋出门。她不觉得这是很好的掩护。中国女人长有跟她一样的单眼皮与黄皮肤，以及相似的早衰沧桑，身上大都穿着唐衫布裤。她们从园丘里出来，浑身脏乱，脸削骨瘦，有些人光着脚，连鞋子都没有。

　　去年五月里某一天，她背朝码头，穿过一条卖胡椒的巷子，人们东一堆西一堆地彼此推搡。一场午后迷途的雨把每个人淋成落汤鸡。那天她撑的油伞掉了。北婆罗洲公司派出杜顺人和印度警卫，开始从码头四周逮捕那些分发传单的中国人。一阵西南风刮来，溜过脚边，举步时好像人在风上浮。菊子和别人一样六神无主地乱跑，随着人群冲向巷子的另一端。雨大路滑，弄垮了沿着墙壁搭起的、一排高高矮矮的竹架——原本是晴天里要拿来晾胡椒的——刹那间乒啷倒下。混乱中散开的人群喧哗着从后边涌上。菊子被旁边一辆松了绳索的卡车一撞，竟跌进了巷弄里一扇门内。

　　那也是一间厨房。黑黝黝地冷寂，像从山里搬来的洞穴。里头只有一个瘦弱的老头子躺在硬木板上睡觉，脸如骷髅。她没理他，这可能是个一辈子吸鸦片来消除痛苦的苦力。

　　最初她一丝怜悯感都无。稍后，菊子发现那个睡着的人，眼珠子盯着她竟亮了那么一霎，不由得心念一动。她从没做过什么好事。因此没人看见的时候，要这么做是比较容易的，尽管由她做来似乎很蠢。她画了十字，低声念了诗篇：你在耶和华的手中要作为华冠，在你神的掌上必作为冕旒。

他眨着一双黄浊的眼睛，手依然压在自己头下，一动也不动。她伸出手，想按一按对方的额头，但手伸出去，半空就折回，照旧卷在自己的另一只掌心里，烧烫地握着。

隔着黄斑蒙蒙的玻璃，只见大雨打湿路面，巷里的脚步杂沓翻起泥泞。所有一切都是仓皇的。

雨停后她就离开。

那天以后，她倒是开始计划一件正经事，该有个日本人专用的礼拜堂。

裘守清牧师并不是日本人。菊子很清楚，他就是个中国人。牧师常与那些台湾来的信徒以闽南语交谈。那些话她不是很能听懂。不过她有时会感到一种奇怪的安慰，像是一种弥补，当她看见牧师和那些巴色会的客家人走在一起时，她会生起一种很难说得明白的愿望。

他们偶而开会唱歌，偶而激烈争辩。裘牧师看起来和他们有些隔膜，有些孤单。他会忽然起身离开，翻看自己的书，或一个人走出去。那些中国来的客家人，不是三三两两地走在他前面，就是走在他后面，中间给他空出距离。那些理事彼此之间很吵，而牧师自己却很静。这样看来，他似乎谁也没依靠。他就是他一个人。

　　这妒忌与窃喜来得毫不合理，菊子心里明白，这样想不是太好。这对裘牧师不好，不该这么想。牧师就是牧师，不是日本人，也不是真的同乡，是神的子民。但有时又希望他有同乡的情分。

　　菊子不知道别人是否和她一样。有时她好奇地留意草纪子和花贺美子，观察她们，暗自揣想，她们会否也有同样的感觉。有好一段日子，她检讨了自己的生活，发现过去挥霍买下来的一大堆胭脂饰物，全都华而不实，全都是腐烂易逝之物。她惊叹于自己曾经如此花钱如流水，不惜糟蹋金钱与肉体，以至于拖延还清债务的时间长达十数年之久。

　　这样的改变几乎让人迷醉而狂喜。《圣经》里那些让人听了浑身不舒服的教义——什么原罪、恐怖的审判日，如果不是裘牧师，几乎是难以被接受的。

　　自从来到这厨房做礼拜之后，菊子甚至感到，比起苦难而言，幸运才是神留给幸存者以接近祂的恩典。每次祈祷都尽心感谢。她会默背好几句箴言，一天的心灵平静与否就仰赖于它：喜乐的心乃是良药，忧伤的灵使骨枯干。她也喜欢《尼希米记》的第八章第十节：你们不要忧愁，因耶和华的喜乐是你们的力量。没识得多少字，但一句一句地背诵，心情竟也慢慢变得柔和了。

本来一切都是很好的。一整年日子宁静，不再需要奢侈的排场来消解焦躁。她对裘牧师也十分尊敬的。新年伊始，菊子不顾账目尚嫌拮据的事实，在日本街首开创举：周日闭馆，妓女们可自由决定当天要休息还是到别馆工作。

菊子半筹款、半捐助，直到翌年五月，才在山打根西北部，盖了间礼拜堂。虽然屋顶仍是亚答叶的，但木门倒是日式的，屋子底下给矮矮的土石墩垫高。屋子前方作为礼拜堂，约六坪[1]大，厨房的地上砌了个大灶，有三个灶口，茅厕另外隔开。

那地段周围数百里内都是日本产业所属的椰园与橡胶园，再往山区稍微走远一点，还有一家日本人开的马尼拉麻厂。这里离开米歇尔教堂和港口的日本街更远了，但对园丘工人来说，倒是比较方便的。

某个早上，菊子带着草纪子和一个也是同乡的女佣过去打扫。

她用一块棉布，沿着墙边，来来回回把木材地板擦得光洁发亮。窗子拉开，山风如涛，蝉鸣与雀鸟啁啾灌耳。

从井里打水上来，搓洗再浸过水，然后便扭干那块准备用来覆盖圣坛的棉布。她在麻绳上把布晾起来。天空湛蓝，不知是来自海面还是陆地深处的风，十分凉爽。她躲

1　一坪约 3.3 平方米。

在屋檐下的阴影里，待了一阵。风很大。远方的云朵像船一样，从山后赶过来又往前飘，把她撇在这静止的阴影里。

一会儿她回到屋内。厨房里静悄悄的，女孩子们爬到山坡上看马尼拉厂去了，那里有好些日本来的年轻劳工。她走进厅堂，感到身体极累，便在榻榻米上躺下来，心想，只要躺一下就好。在拉开的窗前，她看见一株苍老的黄焰木伫立在外，树身上长满绿苔，花瓣在日影中颤动。

她在榻榻米上，舒展手脚，浑身松弛。由于实在是太累了，她只想像往常那样，怀着感激之情祷告，休息一会。

凡他所做的尽都顺利。

下午气息安宁，树影斑驳摇动，野草静长。她闭上眼睛——好奇怪啊。菊子被自己的身体吓了一跳。

但愿不是什么罪恶的事，主啊。

裘牧师起伏有致的音调仿佛在四壁间响起，瞬间又寂静下来。一时之间菊子好像看见他的身体与脸孔，漂浮上方，水影似的俯身凝视。正午刚过，晴朗白亮的日光如隐形波浪般在这座刚刚盖好的礼拜堂里高涨起来。也许不过因为手脚如此舒展，真是太舒服了。菊子以前很少让自己休息。此刻身体平躺，四肢放松——她感觉到了。山风攀过脚踝，沿着小腿往上溜，像一颗滴溜溜的球，将有将无，在大腿根处盘旋好一阵子。

静静躺着，这很愉快，竟像鱼那样轻啄，不可思议地，一波波酥了两腿。起初只是微微悸动，她任由两腿微张，就这样，一切既慢又持久——从腹部到两腿有股骚动的舒适之感。就像给一双隐形的手拨弄似的，但它不只是看不见，而且也是触摸不到的。有一阵子她几乎忍不住想激烈地回应，又觉得不如还是忍耐。但越是静止不动，体内的颤动就越发像海，直到受不了时，她才转身，像在海涛上翻身，把浪压在双腿之间，像把一大丛海藻拦住。

它平复了。

菊子睁开眼睛。她爬起来，完全湿透，榻榻米有一大块潮湿的印记。

思念变质了，菊子吃了一惊。她完全没想到原先这种全无占有欲的感激之情，竟会变成这样的一回事。

太阳西斜。脑子像长在铁支篷上似的。有一条线开始拉，好像从额头里长出来，缠在轮子上碌碌地滚下长长的新加坡路。一路上大大地拐弯，一边是山一边是海。好久才听见草纪子的声音，她像老虎一样朝着菊子的耳朵大吼。

菊子不明白地望着她。

我怎么跟个隐形人似的。草纪子这么抱怨。待会路过巴刹[1]就停一下行不行？你吃不吃粉饼糕？

照常打理咖啡屋，账目也还做着，事务繁多，别人的

---

1 巴刹：马来语为 pasar，意为"菜市场"。

叫唤都像从几哩[1]外传来。人们比天堂更远。

她开始恨不得别人都不来烦她，都别来跟她说话。

这时候她体会到孤独的好处。六月开始，裘牧师就坐船回台湾去了。新盖好的礼拜堂只用过两次，就归还给雀鸟。

周日，她会去那里打扫、拔草，待到午后才下山。偶而怀特牧师来咖啡屋找她，请她到大教堂去做礼拜，她就勉为其难地出席一两次。

所幸在米歇尔教堂里，谁也不会打扰她。一坐下，心神就给冲到远方。那些诵念与歌声，全都像空舢板底下的浪。剩下身体，静得跟这些祈祷用的长椅子一样。

十月，北部南来的航线缠上了菊子的脚，使她一直往码头跑。她把船都记在脑里。裘牧师可以搭很多班船回来，厦门的、本岛的、淡水的。如果全都错过了，月底还有马尼拉丸。

整个十月，她神不守舍地在山打根的窄巷里兜兜转转。怎么拐怎么走，全都像鞋子在做主。某些早晨，她原本想去巴刹，不知不觉却发现自己走在前往码头的大街上。嗒嗒的木屐就像在脑子里不断错而来回往返。猛然回神，才又发现自己走过头了。那些长长垂下的防雨布，潮湿的骑楼，锯屑器飞的木工厂，一篓篓干海产，满溢泥粪味的

1　一哩约 1.6 千米。

牛车，皆如阵阵尘雾，扬起就消失。

午后常常大雨，油纸伞重得像顶着一池水。灰色的云一尾一尾群集港湾上空。码头上一片混乱。由于日本人想要山东，一个中国人朝她吐口水。干吗要讨厌我呢？我不明白。菊子想。中国男人好多啊，苦力们挥着拳头，好像要泼掉拳头那样在雨里呼喊。他们喊的话，菊子大半能懂。就算听不懂，也能听懂两个音节，日本。

尽管如此，这些人并不能真正伤害我。她想。

一包包捆扎起来的马尼拉麻都囤在码头的推车道旁边，任雨水打湿。中国工人拒绝给日本来的船装卸货物。在马尼拉来的荷兰船前，人潮热闹流动，但在本岛来的船上，乘客黑压压地挤在船舷后面，迟迟不见工人放木板让他们下来。

无人理会的船浸在灰蓝的水里，如高不可及的悬崖，谁也越不过去。海鸥在雨中把大海苍凉地送来。

海涛在船坞伸长的石墩上喷溅泡沫。菊子很想念裘牧师，她恨不得自己有两个身体，一个留在山打根，另一个要长出翅膀。

一摊光影淌过壁上的花卉墙纸，在厅里的窗帘后面弥散成明暗相间的波状。她捡起自己的衣服，一件件穿好后，才好奇地浏览墙上装裱的画。她对那些看不懂的地图丝毫不感兴趣，因为很难想象北婆罗洲和海是那个样子的，对她来说，它们都必须是各种各样的琐碎物件与声音：乌鸦与海鸟、轮船入港的汽笛、积欠杂货店的债务、船、人力车、不同肤色的水手、黏糊糊的体液与吱嘎颤动的床。至于爵士口中那些"干伊娘"的人像画——其中一个还是英国国王乔治五世——她也觉得跟自己无关。

只除了一张。

这张画是个法国的老头子画的，她记得大家叫他欧堤隆，或者奥蒂伦。那是她第一次受邀来到这间大宅参加晚宴时认识的。晚餐后，那老头子醉了，醉醺醺的一直毛手毛脚乱摸，想要跟她玩那个妓院里常有的"强攻"游戏。爵士和其他宾客高兴地围坐客厅里，看着他们在马鬃沙发上像对手那样滚来闪去。之后那老头留下了几张炭画和素描作为谢礼。菊子不喜欢他那些画。这类没有眼睑的大眼珠，或者飞在空中的人头气球，看了就让她心里怪不舒服。只有一张比较像样：在一座城市里，大气球飘在半空中，人们任由马匹散开，都着迷了昂头往上看，它在天上喷发的热气就像毛茸茸的狗尾巴一样，不过，爵士却偏偏不挂这一张。

这就是歌德的生死门！一个在总督府里当秘书的英国人曾经如此惊叹着说。是死亡，却又是新生……！永生！

你真的sot-sot[1]！金森魏嗤笑。难怪歌德跟我说，你阿

1　sot-sot：苏禄语，意为"笨蛋、神经病"。

婆有两个尻，一个塞住还有一个通。

这英国人拉下了脸，立刻就抓起手边的拐杖想跟他决斗。你污辱我。

要滚就他妈的快滚，爵士从腰间掏出了手枪，上了膛。

就是这事种下了祸根。

在这之前，菊子总让眼睛落在其他地方，不看这画一眼。她问过爵士，为何要挂它呢？对此，爵士的解释是，这张也是人像画，只不过是脸被遮住了，适合跟那些伟人们挂在一起。

有一天她告诉爵士，这张画让她感到自己活像被鬼盯。

爵士说，就是要这样才够爽。

画里那个半露脸颊和隐约可见的髯须，让菊子想起耶稣。耶稣躲在一颗圆形的洞里，那看起来既像灯塔又像监狱洞开的窗口，从这破洞里往外望，这张脸看起来就像一个等着救兵驾到的囚犯。黑漆的图画好像在很冷的冬夜里，但这只单眼却又极之热灼。尤其当爵士跟她在客厅里脱光衣服胡来时，她感到了耶稣的目光骨碌碌地扫来。

即便只不过是在事后回想，菊子还是觉得连背脊都颤抖起来。

这不是耶稣，她想，这样想是不对的，那个人毕竟不是耶稣。

当厨房门边的座钟缓缓敲响时，仿佛天上的云层散开，房间骤然变亮，窗帘隙间折射出一支支灿烂的光芒。菊子在波斯地毯上跪下来，给自己画十。

这个人不是耶稣，就像金爵士也不是裴牧师一样。菊子想。

裴牧师是宽大的人，他爱我吗？应该是的吧。他肯定爱我，虽然也许跟我的不一样，但自然那都是一种爱，也许是一种高尚的爱，既然如此，我就要像已经获得了他的爱那样去爱别人，这样我就可以跟他一起繁殖，就像耶稣繁殖他的两块饼和五条鱼。我要把从他那里获得的爱分给别人，比如去爱这个极色、残暴而且坏脾气的大流氓，不但爱这个流氓，甚至也爱任何一个跟他对立的仇人，爱谁都没问题，什么人来我都爱他，这样就好像我已经获得了他的爱一样……

就这样没完没了地想，感激之情再度升起，心头便像灯泡一样，蓦地发出光来。

这太奇怪了，这简直不是我会有的想法，菊子激动地想，好像是有什么人把种子撒在我脑子里。

钟声停了。厅里又恢复嘀嗒嘀嗒稳固的声响。她合掌，画十，念了声阿门。

她感到升华。好像坐在一朵往上长的花里。于是她在脑海里搜索那些能呼应、挥发这股澎湃喜悦的句子。她想起了《诗篇》第四篇第七节：你使我心里快乐，胜过那丰收五谷新酒的人。第一百卅九篇第十七节：神啊，你的意念向我何等宝贵！然后紧接着，我行路，我躺卧，你都细察，你也深知，我一切所行的……如此反复诵念。她精神饱满，力气充沛，身体舒畅，仿佛孔窍全开。

就像筵席上斟来美酒。裴牧师的脸和身体出现了，这次不是浮在上空，而是躺在波斯地毯上，他两颊红润、目光炯炯，无比性感，像亚当那样什么也不穿，赤条条地从她两腿之间看她。

菊子只感到热流从心口猛然散开，浑身就火烧滚烫起来。

啊呀，我的主！她立刻跳起来，冲进厨房。

厨房惊人地脏乱，一堆打破的碟子积在角落，原本收在炉灶底下的柴薪也被扯出来，七零八落撒满地。满地木屑卷得像落花枯叶。她从灶头上略倾一个水瓮，揭开盖子，看也没看就立刻舀起大口大口地喝。这壶水有股怪味，似乎放了好久，但也不管了。水很清凉。

后来。

她差点没给吓死，管家持着铁锤，在她背后，从炉灶的另一旁，静静地，无声无息地站起来。在阴暗的厨房里，这人阴森得跟僵尸一样。他的脸孔是黑色的，眼圈发青，他的脸颊一边呈紫红发肿。他的手指上流血。他样子就跟活死人差不多。

菊子大叫一声，跑到太阳底下。

她跑得很快，没有穿木屐，脚很轻，十几年来，她从来没有那么吓得失魂落魄过，她甚至跑得就快飘起来了。她的头发散开，袖子像翅膀一样。脑子里只有一个念头。

不怕不怕，这鬼伤不了我，什么都伤不了我。

当菊子飞跑的时候，好像看到自己什么衣服都不穿，就扑向刀山火海似的。

只有一个人，只有这个大坏蛋，他肯定伤害得了我，但是我要大大地爱他——

草坪上，那只气球正在胀，浑圆地发亮。

那条系着吊篮与工作台的缆绳，抽动绷紧了。汉斯非常快乐地看它。

这个嘛，我飞过一次，还是长途飞行唷。如果只是在山打根兜兜风，那它很安全，汉斯打开了那柳条编成的小门，只要不掉进森林，给土人——

要上就快点上，不要慢慢吞吞的，金森魏爵士说。

汉斯的话没有说完，他看到菊子像鸟那样飞过来。她背后有一团大火正在绽开。

尊贵的山打根警卫督察金森魏爵士的大宅，其中半边轰隆坍塌。

屋子爆炸，烈焰腾腾，烟屑黑掉半座天空。

菊子跳进气球的吊篮里。金森魏爵士也跟着跳进来。手起刀落，把缆绳切断。

它热气饱满，风掠过树梢。草地变远。人们大惊失色，每一个躯体迅速在眼前下滑，一下子就变小。

一个像鬼那样凄惨的男人，一路跑一路喊叫，拦住他——这个假货——

假货扔下了第一个沙包，同时点燃小碳匣。金黄色的火焰猛然爆亮。

远远地，有人放枪，但那太远了。一支小军队涌现，穿过屋子，好像埋伏了很久似的，红外衣，黑毡帽，呈尖尖的人字形阵。他们看起来就像蚂蚁一样。

一列列齐整有秩的园丘过去了。橡胶，椰林，可可。密密匝匝的森林如一床绿被覆盖绵延起伏的山峦。京那巴当河的支流在野莽中忽隐忽现。米歇尔教堂和其他屋子看起来都没有分别，都像火柴盒。

码头。菊子探头竭力眺望寻找马尼拉——今天马尼拉号应该到了，它是这季的最后一艘船。但是它在哪里呢？气球在空中冉冉拖过一道隐形迹线，倏忽又远了。灰色的锌板与红瓦相接的屋檐，如波浪般凝固在灿烂的太阳底下。

沿着弧形的海湾，它飞过大海，绿橄榄的岛，呈砂石状散布的荒凉岛屿。苍穹垂落到远处的海际线上，白色的泡沫仿佛自海天之间冒出来，因远了而不觉澎湃，看不见浪峰。只见一道白线重复地从远方滚过来，散尽了，再滚来。

小小的船漂在这片郁蓝大海中央。

俺家的船！伊等来接俺了！此人忽地脸现喜色，此时连英语都不讲了。

俺等就系南中国海的曹家帮，伊风流恙久，我只是等时候教训教训伊。顺便带走呢[1]红毛鬼[2]唔知[3]做乜[4]鬼的乒乓。今下呢只球就系俺慨[5]。

这海盗说罢仰天长笑。

他轻轻拉动垂下的绳索，稍微打开气球顶上那片泄气小盖，熄了小碳匣的火。气球下沉，眼看就近海面不到一百公尺[6]了。

那真是一艘够丑的船。破烂、残旧，堆满了各种破铜烂铁，上头黑压压的，有男有女，不像货船，也不太像渔船。

菊子想起各种海盗残酷无情的传闻，不由得毛骨悚然。那船近了，船上有人高声叫喊，这强盗立刻回应，船上的人就往高处抛出一条麻绳，那麻绳带个鬼爪钩，在空中霍霍挥耍，好几次眼看就要搭上吊篮。

乘着这强盗分心不留意，菊子就偷偷把一个沙袋丢出去，又把碳匣也点燃了。气球猛然升高。船上的人冷不防有此变化，都大嚷大叫起来。

---

1 呢：指示代词。

2 红毛鬼：荷兰人。

3 唔知：不知。

4 乜：什么。

5 慨：的。

6 长度单位，即"米"。

声音渐渐远了。

"臭尻！"

风吹来，气球浮浮荡荡。但它现在没有之前那么高了。不一会儿它又飘回山打根城市上空，窄巷之中，军队四处奔窜，不时朝他们射击，枪械闪光明晰可见。

我看你就等着吊死。菊子说。

没那么容易，这流氓说，又再点火。下午东北风比较强。

你还真懂。菊子说。

梦赣[1]！我一出生就是走船的！那死老头根本就不认识你。如果抓到，你算是海盗同党，回去也会死。这流氓说。

噢大末呕咖心[2]，菊子说。走开！

这里这么小，没得走开。你干吗要放沙袋？

菊子想弄熄气球下方的火。他们再度扭在一起，似乎恨不得撕裂对方。菊子感到这场扭打好像也在抱紧自己。太阳很亮，一圈彩晕掠过眼前，使得这个海盗虚幻不实，他像梦似的。有时候，菊子觉得看不见他，仿佛吊篮里只剩自己一个人。有时候，转个圈，彩晕消失，影子深浓，便可以再看见他，然而，她不禁有点怀疑——这是幻觉吗？他到底是谁呢？

1　梦赣：海南话，骂人的粗话，意为"笨蛋、傻瓜"。
2　此句由日语音译而成，指别人脑袋有问题。

　　菊子咬他一口。他痛死大叫，甩来一巴掌。这就唤醒了菊子，本来、本来？她想要——感激，幸福，爱——爱人和被爱，抱人与拥抱，一种喜悦、平静的圆满。

　　当吊篮摇晃时，绳索与篮的嵌线变得错乱。然而它依然浮着，命就悬在一束绳索之下。黄昏夕照时，它航入了天际间的云海，云海里飘荡浮岛，风把岛从远方送来，好像整个天上也是碧蓝的大海。万顷海浪把一丛丛海岛拍向岸，到得近岸时又被浪推远，而辽远的海浪又持续把岛推送过去。就这样，岛一直不能靠岸但也不能远离。它在一段漫长的时间里重复着忽远忽近的韵律。

　　菊子知道无壳身体会变成什么了。它会冒泡，变成云，最后变成烟。至于其他那些长壳和坚硬的身体，也迟早会变成烟。

　　地平线滴溜溜地画了巨大的圆圈，斜阳使森林红如流火。

　　东北风来了，把他们吹向大海。也许热空气开始不足，也或许因为这是十月，有时它悠悠地飘，有时像个舞娘那样激烈地抖。他们乘坐的藤篮在离地两百多公尺高处，浮上浮下，在海岸与陆地之间抖来抖去。当气球往下跌时，突如其来的下跌总是让人惧怕：那一瞬间仿佛自己已经不在，从高空坠下，直冲向海。绳索底下仿佛只剩空气。

　　直到跌势停顿，球再回升。

　　菊子感到自己又沉重起来，这海贼也很重。他的骨头、膝盖、肩膀，每个关节都不客气地与自己的骨头、乳房、肩膀、腰、屁股、大腿碰撞挤压。这很疼，但每一次的碰触都使她渴望下一次的。

菊子的肩膀一抖一抖的，从头到脚像打蛋的牛奶与面团那样冒泡。

也许因为不断抽搐，腹部痛得厉害，无法遏制，这真是糟糕，但就算马上会死，她也必须现在——立刻——

好脏！

怪你家的脏水，老娘肚子痛。什么贼竟然笨得连一个女佣也不留！

还留！早知道应该送咯，只管家入猪栏，让猪将伊的卵干进肛门去——

也总该留一个来烧饭煮水。

有啊，俺留了整家人，一日一只，用完一只杀一只，前咯日¹死派²光光，昨日惨到无人服侍——臭死，你唔得等死派再大？

稀粥一样的粪便滴滴答答地从藤篮往下掉，落向——其实也不知被风吹向哪里。所幸雨来了，千针万线地越过苍天碧海。气球猛然下降，海涛似乎近得就要卷走藤篮，

1　前咯日：前天。

2　派：全部、彻底。

忽尔这落势又停了，这姓曹的海盗以他机敏的反应——此时他的假鼻、胡子，已被大雨冲得七零八落，就像一张撕裂拼凑的脸孔，只在下巴露出点干干净净的——飞快地抛掉了两个沙包。往碳匣加了燃气，气球像爬山那样斜斜地攀升，刚好来得及避开一艘劈浪驶来的大船。

菊子擦掉眼眉上的雨水，把那船号看得清清楚楚，以片假名写着，马尼拉丸。

主啊。在大雨中，菊子心里又燃起热颤颤的希望：我祈求祢。

他在吗？

由于下着大雨，甲板上一片潮湿。气球低低地飞过船舷，几乎快要停在甲板上了。

这是风向、海流与气流难以预料的十月。气球缓慢地越过雨花四溅的甲板。那隆起的驾驶室、散发蒸汽的烟囱，如果位置刚好，后者稍微可以烘干藤篮底下的湿气，甚至也可能把气球再往上推高些。船上那些没钱买舱票的旅客，和一些工作的水手，眼看着那像鲸鱼一样航过头顶的阴影，似乎行将压下，在倾盆大雨中，发出海浪一样的叫声。

原刊《短篇小说》第十一期，二〇一四年二月

小镇三月

她们热心地弄着剪刀，打着衣样。

——萧红《小城三月》

还在两年前，翠伊手脚灵敏，赤脚咻的一下，气也不喘就能跑完十间房。房间很少，又高又窄的四层楼，没电梯。从二楼到四楼的走廊上，平日只亮两盏小灯。墙纸很旧，图案是绿纹花卉，墙脚与窗下略见剥迹与水痕。整间旅社只得两个马来妇女打扫，她们在这里做了二十多年。

既然翠伊来了，姑妈就让她做这件事，在客人离开结账前飞速进房检查毛巾、拖鞋、脚垫、杯子、茶壶等物。虽都算不上什么好东西，茶壶里也污里巴黑的，抽水马桶与桌灯常坏，竟也曾被客人脱下带走一颗灯泡。

天下事无奇不有，真是防不胜防啊，姑妈说。

那是家位于巴士车站附近的旅店，一块铁皮招牌悬在骑楼底下，漆蓝底白字。放下竹帘挡日头时，常有鸟窝连卵掉落。

楼梯在旧楼侧边。每个转角开着一扇百叶大窗，酒店后面就是巴刹，每晨泼啦泼啦地发亮。以往翠伊从底下往上冲，好像跑上灯塔，下来时三步作两步跳，也不怕楼板破，仿佛跳穿了就会跌入异世界里去。

今年翠伊二月中就来了。她两颊长了肉，身体还是瘦瘦的，但跑起来不再像以前那么快了。梯阶仿佛变窄，脚板似乎变大，每一步都得慢慢上下。

偶而坐在柜台跷脚，拿姑妈的指甲油涂上二十根指和趾。学她歪头耸肩夹电话，怪声怪气地喂一声，南天旅社——无事便拿份报纸，《新生活报》或《民生报》坐在门口读连载小说，风水手相算命也照着镜子与翻掌心来看，连姑妈也伸出手板——阿翠，看我几时可以中马票。她五根手指就有三根亮刷刷地套着戒子。手腕上有个触目惊心的刺青，恨，"心"部画得特别瘦。翠伊问她，刺青不痛吗？姑妈说，心比较痛。

那是三月的第一个周六，翠伊帮她把一团厚发梳成高高的发髻，就跟胡燕妮的一样。发夹东一支西一支地插了满头。当柜台的铃声响起时，姑妈的眉毛才画了一边。

他妈的，好来不来，老娘没空时就来。姑妈嘀咕。

让我去吧，翠伊咕地笑一下。

你会个屁，姑妈说。

从镜子里，透过边门倒影，可窥见柜台情景。姑妈的头发美得好比一颗黑色的大螺。但她屁股更大，不耐烦时尤其明显，一直换重心，也不坐凳子，藏在柜台后的屁股抖来抖去。

柜台对面的那人背光，那脸色比阴天还沉。

从镜子里，翠伊看见姑妈回身喊她。

阿翠。

姑妈从柜台转过头来，望向门后的镜子。

阿翠——

喔，好，翠伊大声回应，但没动。她从镜里可以清楚地看见这个后生仔。他看起来才大不了她几岁。

我带他上去，你在这边等。姑妈说。

翠伊看看镜子。柜台前边的人影挪开了，白寂寂地什么都无。翠伊从边门出来，坐在柜台后看守。隔壁傻子又唱歌了，咪咪，咪咪——小咪咪——那傻子待在屋里，嵌上铁支条的窗一洞暗黑朝向大街。他这歌只对印度人唱。一听这歌，就知道那个印度人又来了。那印度人没穿上衣，只穿一条裤子，头发黏作一堆，粗麻绳似的，像个非洲黑人。这歌吵不醒他，就连翠伊听久了，也常听若未闻，呆坐着看大街上往来的影子，思绪像蚊子那样悠悠地晃，也不知傻子的歌何时停止的。

姑妈的拖鞋啪嗒啪嗒地在梯间响起。

姑妈的脸移到镜子里了。翠伊扒在梳妆台边，撑着自己的头。

脚摇多会穷，姑妈说，你要不要跟我过去？

翠伊慢慢地摇头。

没有她可以帮忙的事了。姑妈在画黑黑的眼线。翠伊听到有人离开前堂。从镜子里，她可以看见那个后生仔在大门前走过。他出去了。

姑妈在六点半以后才终于收拾停当。她身形硕大，一件缀金丝的长袍垂下，对着镜子顾盼。我看起来高贵吗？她问。

翠伊咧嘴笑，点头。

暮霭染得整条街呈絮状金黄。路面潮湿得像鱼背。阿丰坐在柜台后，看着小电视上的球赛。双手交叉搁在脖子后方，舒适地张开腋下一丛黑蓬。

没人来。翠伊无聊得很，光线暗了，骑楼下一群飞蚊袭向灯管。一阵大雨由远而近，好像镇上的屋檐都成了大片广阔的山巅。街尾的大声公在雨中隐没，歌声时有时无。对街有人撑竿取下悬着的书包。堆在五脚基的货物一箱箱地给拖进屋里。车子驶过如船划浪。天空极黑，偶而闪电才刹那照亮山际与积云廓线。

还没到十点钟，翠伊就打着呵欠翻倒在姑妈房里。一整夜雨声忽大忽小，水沟里的雨声噗噜噗噜前前后后围裹整栋房子。青蛙仿佛占领了房子，她曲起脚，弯在被子底下，梦境像载满青蛙的火车厢那样颤动。

次日午前，那后生仔到楼下结账。翠伊照例进房，快快地瞄一眼房间，机灵地点算。这是二楼。房间的大窗朝向街口，窗上有防蚊纱，靠近窗边，可以看见马路中间的安全岛上闪着交通灯，白色的虚线往远处断断续续地伸展，直至和建筑物、车子一起消失在街尾。

在梳妆台下，有个什么东西掉下来，像张邮票那么大的。她把它捡起来，说不上是什么，看久了，才又感到它比邮票厚，像颗被河水磨薄的石头，在掌心上滚动一会，仿佛一用力就会给捏碎似的，忽尔升起怜惜之感，就小心地收进袋里。

在二楼中间的楼梯转角处，背后窗子投落的天光把她的影子蒙蒙地铺散梯上。

你很慢喔，姑妈说。

她没了回应的力气，腿一软就跌坐在柜台后边的阴影里。这柜台的木很厚，看得见它里头的心眼纹，拉得长长的到某个地步就绵绵融掉，一波波地凝在木头里。抽屉拉出来。姑妈掏出几张十块钞票递过去。

身体稍稍后倾，这双球鞋擦过门槛，短促而清脆霍霍地走了。

上午的阳光从水泥地反射，亮得眼睛发麻。

你做什么？姑妈问她。

累，她回答，脚很累，头也很累。

姑妈打开簿子记了账，又翻开吊在背后壁板上的钥匙门号来检查。这动作她时不时都做。翠伊偶而也这么做。明知道剩下的是什么，但还是百无聊赖地查了。预防哪天有漏的，有不见的，毕竟难说得很。

打包了鸡脚卤面，跟姑妈一起窸窸窣窣地吃。餐厅仿佛浸在一池灰光里，没客人来时，为了省电姑妈就不开灯。翠伊感到大家的脸和眼睛仿佛都稀释了，呈颗粒状地消散在黯淡的午后，就像模糊了的电视画面。雨天时绿灰的墙壁变得很静很凉，她感到自己就像冬天里飞不动的鸟，动静降至最低，缩着倾听。姑妈的声音像少女一样嫩而细。

你姑丈以前啊——

吃饱了，姑妈又再说起往事，说到痛处，便沉沉唱几句她最爱的那首：整日的抹泪痕——像春梦一样的无痕——

考过试以后，翠伊只有茫茫然虚脱的感觉而已。

阿丰大白天总是在睡，偶而醒来吃碗面，烧支烟，看几页古龙，很快又回去梦里。他是猫头鹰。这也好，大白天翠伊和姑妈一起守柜台，他傍晚清醒了就可以接班。大门开到十二点就关，只剩梯间侧门给客人持钥匙进出。翠伊已经不知第几次拿起李三春骑龙和观音显灵那份翻看，又重翻前两周的海滨埋僵尸。但就连万字预测也嫌记忆犹新，不知不觉打了盹。

想睡就进房睡，姑妈的声音洞洞空空的，像自水缸外边传来。嗯哼，她含糊应了一声。

街道如潮水汩汩涌过梦域。

　　她醒来时只觉得脖子与肩膀麻酸，姑妈正听着收音机，此刻离三点还有五分钟。女播报员说。她抹了抹口水。门口暗了。

　　我要去后边蒸个包，帮我顾一下。姑妈说。

　　喔，好。翠伊应了一声。

　　天又阴了。一个后生仔跨过门槛走进来。

　　她抬头怔怔看他。依旧是同样的行李，但多了一把伞。

　　要一间房。他说。

　　她应该叫姑妈的，但是她没叫。给证件，她说。

　　对方掏给她看了。她打开登记簿，抄下。

　　跟昨天一样的房吗？她问。

　　嗯？

　　跟你早上一样的——她住了口。

　　依旧是一张坏天气的脸，但镜片里的视线茫然不解。怎么我好像变成隔壁的傻子似的呢？翠伊想。

　　她等了好一会，姑妈没出来，便锁上抽屉，领他上楼。平时姑妈是不许的，她从来就不被允许带陌生男人进房。但他看起来只比她大一点。他们走过那间对正街心的房间，那号码是一〇二，他昨日住过。他没出声。她开了一〇三号房门，扭亮灯，立刻就走。

　　从楼梯口回头望，见门内透出的一线光，徐徐隐没在晦暗的走廊里。

下午雨又来了。大雨滂沱，那雨势大得可以把石头打得凹陷似的。五脚基一片湿漉水光，水沟淙淙如急溪。送煤气来的人穿着一袭淡黄色雨衣，急匆匆地进出，嘿，老板娘快点磅水[1]——每一把声音都夹杂了细微的磨蹭。所有折叠的、贴近的，都因雨水沾湿彼此缠吸，窸窣地擦过撕开。水在靴子里，水在地板上，水在塑胶袋子上，一切杂音都比平时更多些。路人挤在骑楼下避雨，偶而探头探脑地往内张望，话语絮絮。雨浩大地冲刷屋檐与沟渠。

下午三点半，那小伙子下来了，木着脸带着一把伞出去。

茶厅里悬了面大大的全身镜，姑妈就对着它唱。啊——雾非雾呀，花非花——她喜欢唱歌，就算有客人下来抽烟喝茶，她依旧陶醉地唱，甚至有观众在场使得她更忘我。客人劈里啪啦地拍手。满地花生屑。

以前我在马六甲银河夜总会那边登台呀，无论是印尼的、新加坡的歌迷，都会到后台来找我，送到后台的花呀，多到——唉呀——那时连梦都是香的。

姑妈说。

日本歌迷也很热情的。姑妈说。把我比成马六甲的邓丽君。

1　磅水：源自粤语，意为"付钱"。

翠伊跟阿奶（nei）一起坐在碗橱边，她们两个人各自坐在一张小凳子和一张藤椅。翠伊脚上的木屐湿答答的。她和姑妈两人的脚趾都鲜红着。阿奶的拇趾皱皱地裂成两瓣，其中一半发黑了。阿奶说自己的趾甲太锐，薄得跟刀刃一样。阿奶去到哪，木屐就跟到哪，她只在三姑妈家停留一周，过后依旧把这双木屐包扎起来，就北上找大姑了。当三姑妈唱起莎哟娜啦时，阿奶只是不太专心地听着。如果有蝴蝶飞过，阿奶也会那样不太专心地看一下。翠伊常奇怪地想，阿奶怎生得出像姑妈这样的女儿。但阿奶的孩子里，除了大姑妈，没有任何一个人跟她一样。

日本人里头有好人吗？翠伊问。她知道阿奶活过那个时代，她那么老。阿奶就说，好啊，怎会不好？他们打跑了马来人，救了我们呢。阿奶如此认真地说。

她说从前半夜跑路时，跑到十六碑，有两个马来人抢走了他们的布，幸好碰上了日本兵把布给追回来。

如果翠伊不问，阿奶是不会提起的，因为阿奶没兴趣谈那种大家都不熟的过去，她只对亲人的事感兴趣，否则就连蚂蚁都更重要。碗橱底下四只橱脚都装在碗里，时不时要检查有没有水。

茶厅里有四五个老顾客，他们的脸皱得像泡过的茶叶，他们的声音给烟熏得干枯，只有姑妈的喉咙清亮，她给自已唱歌，而他们就仿佛顺便听听的样子。

八点钟，那小伙子回来了，他挤过屋檐下避雨的人墙。一进来就绕过那一盆窗下的桔柑，穿过侧门上楼。

门外已被暮雨染成鲸背般暗蓝。

还差几分钟就八点。她瞄了时钟。日长夜短的时分。母亲常常这么叹息，长命就长做。来了姑妈家这么久，翠伊第一次想到她。

整夜又淅淅沥沥，蛙鸣此起彼落。

第二天上午，五个客人离开，她跑了五间房。最早出门的是个住了两天的老头子，当她进房检查时，太阳还只透到窗纱上方，一摊水波似的荡漾在天花板上。马来女人打开窗，街道喧哗的杂音流泄进来，枕头啪啪地响，拍走了湿气与烟味。

又是周三，《民生报》啪的一声丢进来。

小伙子离开时，姑妈正上着厕所。本来应该叫他等一等，但看他似乎脸有快色，翠伊接过他递来的钥匙与抵押金收据，拉开抽屉，还了四十块给他。也没查房，就让他走了。

十二点还不到。

翠伊翻翻《民生报》，又是没完没了的党争。云顶酒店的鬼。学校厕所的鬼。阿丰前晚读到一半的小说给扔在帆布椅底下，她捡起来，杀时间那样读字。

一点钟，吃面。两点钟，洗澡。

三点钟。那双球鞋又来了，而且就像第一次进来那样地陌生。那后生仔仔细地看了压在玻璃下的房间价格。一间最便宜的多少钱？他问。

这人到底有什么问题？

想归想，嘴里却只管背书般死声死气，押金四十，单人房没厕所二十五，有厕所的四十，十二点 check out。

收证件，抄资料。

住几天？翠伊照例问。

一晚。

姑妈在柜台后面的帆布椅上睡着了，嘴巴时而呼噜张开，唧咕呱啦的呓语，客人来了也没被吵醒。翠伊转身从板壁取了另一间房的钥匙，一〇五号，捏在掌心里，一步一步上楼梯。

这间房的窗子给一栋建筑遮蔽了，更暗。他闷声不响地进去。门关了。

翠伊回到柜台前，继续看这一天的《民生报》。在云顶酒店里，千万不要把整个橱柜的门拉到尽头，总得留下空间给鬼藏身。她手臂酸酸的，捏着报纸有时会发抖，但不是因为怕的缘故。

姑妈喜欢登台，这个月底还要到马六甲去，跟一个五月花的歌唱团搭戏台。等到姑妈出门，翠伊也该回家了。

她想象不出，如果姑妈不在，留下她和阿丰两人彼此相对，能有什么话说呢。小时候他们是挺熟的，但两三年前就开始生分了。翠伊考试啃书两年没来，再来时阿丰变得阴沉，像另一个人了，每晚关上大门出外晃至三四点。偶而出入浴室或在厨房里擦身而过，翠伊的脖子就缩进肩膀里。一天晚上，翠伊从厕所出来，看见阿丰冲饮料喝，心里犹豫，几步之外就不再往前。他也感到异样，拿起杯子就走，没瞧翠伊一眼。

阿丰像姑丈，越来越像了。

三点半，鞋子擦过门槛。那后生仔又出去了。这次没带伞。太阳滔滔涌过，五脚基灿烁若海。

柜台底下的两格，收着些许客人留下的东西。报纸、牙刷之类当场立刻就丢了，留下来的有日记簿、鞋子、衣服、书本、化妆品、雨伞等等，有的停滞了六七年不止。翠伊抽了一本客人留下的小说，没有封面，也不知作者何许人也。随意从中间翻起，一大串肉麻之极的对白。主角们经历长途旅行，跨越好几个大洲，漫长的数十年，那迁移的路线往返重来，简直就像分住南北半球的飞鸟和鱼群——不知结果如何，三百多页以后就剥落了。

最近这些日子瞬间就变天，午后常有迷路的雨。有时雨不是逐渐变大的，而是一来就滂沱，像快要淹没整个小镇。雨泼湿天井旁边晾着的毛巾。得快点把遮雨的屋檐拉上。翠伊拉紧绳子，看着头顶上那颗小小的齿轮转动。

那后生仔湿漉漉地回来了，像给鬼追一样匆匆跑上楼。

周四一早，《新生活报》给扔在卷门下。姑妈早上起来，打包了云吞面三个人一起吃。一如以往，阿丰跟姑妈一同桌就吵架。

跟你讲你也不懂的啦，阿丰说。除了唱歌你什么也不会。

姑妈就生气了。

你就很有本事，连 SRP[1] 都考不过，还想读 MBA？你读屎啦你——

阿丰骑了摩哆就飞出去。白烟嘟嘟喷了整条街。

养猪更好，姑妈说。说完就去洗碗。

天阴阴的，又暗了。沉沉的，灰光流满整栋房子。

三点钟，那后生仔又来了。翠伊见他那件衣服，依旧是不沾尘般的整齐洁净。她把钥匙交给他，没再带他上楼，先生你自己找。她说。今天的右手和右脚，像泡在水里的海藻一般，一直抖啊抖的。

他来了。他又来了。每天中午之前离去。每日下午三点又回来。除了我也没别人看见似的。姑妈偶而翻查悬挂

1　SRP：马来西亚的初级教育文凭考试，在初中三年级时全国一起进行的测验。

墙上的钥匙，对照入住的登记簿，她难道一点也没发现？她没发现我私自帮她收了客人吗？

在三月的第二个周三，那是《民生报》丢进门内的日子。翠伊受不了这冷飕飕的怀疑，它正从肩膀一波波地降落到脚指头。当对方递过五十元让她找钱时，她几乎想伸手去抓对方的脖子，好确认那是活人的体温。

一、二、三……不好意思，钞票没小张的了。翠伊说。

八枚五角钱硬币，七枚两角钱，十六枚一角钱。在他前面数了，用手捧起这堆钱币，他伸手在底下接，钱币清脆地响。

再加上折得小小短短的三张钞票。五根手指几乎占满面积。但他却只用指甲尖一触，就挟走了。

三月的第二个星期五。三点半，一秒不差，那后生仔带着雨伞出门。翠伊也带着雨伞出门，像个侦探那样警惕地追踪着。

阳光扑落大街，路面极亮。三月暖风卷走了报纸。这人像游魂那样乱走，他停在奥迪安戏院前，但没买票进门，却不知怎的停下坐在行人道的栏杆上。

翠伊坐在巷子旁边的咖啡店里喝玉米水。等到冰块都融完了，他还坐在那里，蜷得像虾。唉。来月经时是不该喝冰水的，腹部会抽搐，好痛。如痛得过分了，手脚也会抽搐。

他走了，跟着走。他会饿，他吃面的。

在红色邮箱前越过马路时，这人停下来，转头四顾。翠伊机灵地转身看看玻璃后面，伞下的王祖贤巧笑倩兮。

一辆漆蓝的巴士转弯挡住了他。偌大的字母与黄蓝漆亮的条纹，裂开了街景倒影。有人会看出来我跟在他后面吗？她经过鞋店时，看到里头那女人一直坐在玻璃柜台后，心里不由得打个突。这女人成天伏在那里支着下巴看人，说不定什么都看到了。

杂货店的那个老太婆，她也是个一成不变的人，每天坐在藤椅上，一定已经把一切看在眼内。她活像座钟，摇着扇子坐在屋檐下，看着来来往往的人，看每个人在屋里做什么。哪个人几点钟搭几号车出去、搭几号车回来，哪个人骑脚车和谁一起经过，哪个人停车在这里，哪个人的车牌被抄了，哪个人在对面买了什么东西花了多少钱——像这样的芝麻绿豆小事你只要问她，她如果高兴就会告诉你。

翠伊不理会这老太婆怎么想。

我也是外地人。翠伊想。

这家伙每天都会跑进一间女装店里，他走路时总是侧头望进门内，望进店里，看那些有影子的角落，看每一张脸。他每天一开始走的路线几乎都一样。出了旅社就往左走，过了一条巷子，经过家具店。尖嚣的锯木声与隆隆平板的挖泥机噪音，那声音听起来就像有个人下巴脱臼了，躲在什么地方嚷着抖不停。人们静静地走路、开车，丝毫不为所动，他就和这些人一样，每天每天走在这条街上。

直到大雨来临。

雨打乱他们的步伐，雨来了他就必须应付这场雨。如果有雨伞在手，可能简单得多。但他不再在小贩档口前面踟蹰询问，因为雨太大时他们可能就不来了，或者忙着收起油锅不卖了。他得绕过超市前面的一堆纸箱与货车，绕过积水的水洼，避开一辆溅水驶过的汽车。在大雨中，他继续迈向戏院、女装店、录影带出租店、五金店、面包店，最后必然会到巴士站的柜台问一问，站在那里看看时间表。

如果没有雨伞，他或会去买雨伞或雨衣，或用张报纸或纸皮挡在头顶上像飞鸟那样滑越马路，或像根柱子那样等在屋檐下。他从不领受昨天的教训，似乎总忘了这里天气多变。

中午结账离开后，翠伊从他住过的房里把雨伞拿出来。

橱柜的第二格抽屉里，已经收了八把雨伞。

某个下午三点，在第十八次收了押金、交了钥匙给他后，翠伊将雨伞都堆在柜台上，有直筒式的、折叠式的、格子纹的、花卉状的、净色的。

你的。翠伊说。全部。

他莫名其妙地看着这些伞。

不是我的。

翠伊沉默了一会。她同情起他来。

你可以拿去用。翠伊说。这里常下雨。

谢谢，他说。他抬眼看她，她望进他的眼睛里，一霎不霎，很安静地。

出门记得带伞。翠伊说。

这年的三月非常潮湿。有时黄昏来了才下雨，有时午后两三点就淅淅沥沥地落水了。他像一般人，见日头耀眼，就懒得带伞。但当凉风刮起时，天色很快就暗了，乌云瞬间如帆船笼罩天空。总是隔着两三间店铺，与那人保持一段距离，远远地看着。他一动不动地像只蛾，栖息在骑楼下各种杂物堆叠的沉沉暮影里。远远地看着，哪怕带多一把伞，翠伊也总是不曾往前。

伞把三月折进尖尖棱棱的骨里。这不该如此潮湿的三月。

每一场雨都难以预料地改变一天的路线，然而无论他路线有何不同，以及中间的一些细节不乏变化之外——似乎没有别的意外，抑或意外已经发生了但在记忆里不留痕——除了这些零零碎碎的：譬如在路上遇见一条老狗，譬如曾经掏钱给一个要钱买烟的老头。譬如曾经在百货公司廊前停下来，仔细看布告板上的租房广告，这使得翠伊怀疑，他也许打算在这里住下来？又譬如曾经在古庙前避雨，跟一个印度小孩买湿花生，给一个算命的男人扯住。有一天他撞翻了一辆卖番橄榄的脚踏车。他们狼狈地捡拾一颗颗硬实的绿果子，有些被雨冲走了。那小贩也许损失了好几块钱，而第二天回返的后生仔却对此一无所知。有一天，他不再在戏院外呆看海报，而终于买票走进戏院里，这简直是大突破，使得翠伊忍不住也买了票跟进去，但坐得远远的——那一天是林青霞飞仙飘飘的东方不败。她陪着他在寂静的戏院里看了两回。但打从第四回开始，翠伊实在受不了了。行人道上枯叶寥落。掉落的枯叶无法被雨润回生。她如此无可不可地想着，买了支汽水叼着水草撑着雨伞在戏院外边靠着栏杆等，好奇怪啊，我竟跟这个被跟踪的人一样了。这是假期，这是假期！这是个奇怪的外来人，外地人！好像发生了些事，但其实又什么也没发生……或许只是因为他的来临，以一种极其微不足道且零碎的方式漫步在这条街上。如果有什么转变，那也一定是零碎且微不足道地在这镇上匍匐着：这些小贩的口袋、戏院内的位置、这地上的水迹、一只为了避开他而跳走的青蛙（也许它会因此而遇上另一只母蛙、吃掉另一些蚱蜢或蟑螂虫蚁），以及翠伊本身在这一年三月里的记忆。翠伊跟着他一直一直在这镇上徘徊。仿佛这里有个不能越过的边境，四周围的山峦绵延围裹，这小镇就像只空碗。

从三点半到晚上八点多，他们持着伞在这镇上兜来转去。

我真无聊，翠伊会这么想。但重复地读着不知读了几百遍的连载小说也很无聊。翠伊不知他的目的是什么。他到底在找什么呢？某物，或许是某个人？然而他真在找着吗？是否他忘记了曾经来过？难道每次结账出门，兜一圈就忘了？

三月第四个星期六，翠伊从他房里总共收回十八把雨伞。他像往常一样，在柜台那里结账，略数找回的钱，提起行李掉头就走。翠伊锁上钱柜，钥匙放进姑妈的口袋里，她摊在帆布椅上打鼾。

翠伊撑伞，在大太阳下遥遥跟着。

这个人快步经过中药店、迷你市场，经过了巴士车站他没停下，沿着马来人的嘛嘛茶档 [1]，越过小河，走向火车站。

翠伊没再跟了。她远远地看见这个人到火车柜台前面买票，在正午十二点半左右，他走进了栏杆内的月台。

她依旧远远地在树下站着。那旁边有三株旗杆，一株是国旗的，一株是州旗的，一株是空的，一道白线单调地

1　嘛嘛茶档：嘛嘛是 Mamak 之音译。Mamak 为印度裔伊斯兰教徒的俗称，嘛嘛茶档即为印度裔伊斯兰教徒经营的半露天茶档，常见于马来西亚半岛的城镇，多售卖茶水（拉茶、咖啡）等各种饮料，印度煎饼以及马来人和印度人的面、饭菜等食物，店内常挂有爪夷文书写的《古兰经》经文。

伫立，路旁的黄蝉花盛放如太阳。

终于要走了。她想。火车压轨的声音传来了。

终归走了。她这么想，就这样结束了！而我仍然什么都不了解！她闷闷地想着，然后就离开火车站。

电线一丛一丛地在转角处打叉交接，在灰白的天上绘了一条颤抖的粗毛笔线。在街心深处，有一把锤子在持续而耐心地敲着，像啄木鸟一样从远方的森林里传来空空洞洞的声音。

她沿着骑楼下方走，所有货物，那些书包、那些吊着的神料品、那些散开一地纸屑的彩券投注站，那些红那些绿，在雨来之前沉恹恹的午后空气里，全都灰扑扑的，没什么可以振奋的。

腿好像缩小了，右脚仿佛穿过棉花无底无心地走着。

回到旅社里，她一卷卷地撕下纸巾抹汗，擦得满脖子下巴都是纸屑。风扇拨动午后暖呼呼的空气。骑楼下的水泥地一片灼白，她眯起眼睛昏昏地想睡。

还差五分钟就三点。她吃惊地看着他——像梦似的竟又跨过门槛走进来。

但他并不知道自己回来。他像个初来者那样，低头看看压在柜台玻璃下的价格。

一间最便宜的多少钱？

依旧是球鞋、灰白格子的衬衫以及一个行李袋子。

押金是四十二块半。翠伊说。

依旧是一张乌云般的脸背着光数钱。就是这样才带来了雨，翠伊想。

翠伊把几枚硬币放进他的掌心里，第一次擦过了他的手指，啊，是暖的。

她带他上楼，看着他进房，站在廊上，光从室内泄出，泼洒脚趾。

他放下行李，想关门，但她呆站在门外使他很困惑，好一会儿，他见她依然没有离开的意思，便从口袋里掏出钱包，找出一元硬币想递给她。

翠伊立刻转身跑下楼。

次日中午，他又再结账走了。翠伊再度跟着他到火车站。这一次她站在月台栏杆外的角落，假装自己像别人一样来送行，站在一盆茂盛的万年青旁边。那个负责看守门栏的马来人问她，你也是来送人的吗？要进去吗？

她摇头。他并没有坐得很远，她可以看得见他。

他弯着背脊，两手交叉，坐在一张油漆剥脱的长铁椅子上，看起来郁郁寡欢。但他到底想去哪里呢？她渴望知道，但现在他们没有交谈的可能了。他的眼睛没有看见任何人。他有一件很旧的外套随随便便地塞进行李的拉链里，皱成一团。

火车来了。她看着他上车。

当火车走的时候，她感到自己在原地退后。她几乎想要挥手，好像这是个必要的仪式。她离开火车站，经过火车轨道的拱桥下。绿坡上落花与枯叶缤纷。她越过一座桥，低头看底下的溪流，它从山上流到这里，周围已砌上水泥，成了水渠。她想起以前曾经听过，有个很年轻的学生在山上的瀑布溺水。她的尸体给冲到镇上，就卡在教堂和马来人的小食摊之间。

翠伊想起这件事情时，就想起第一次听到时悲戚的感觉。那以后每一次回想，就好像在重复第一次听到时的酸楚之感。她感到自己的右腿硬麻麻的，快变成木柴了。也许我就要转化为木头人了也说不定。一个木偶！她这样想着。起初必然是从什么地方开始逐渐硬化的，就像四姐那样。他们说她太早生孩子，生了孩子又没坐月子，一家人住在工厂里日日夜夜做塑胶杯。医生说她脑子里支配右肢的神经正在萎缩，所以右脚才变得不灵活了。如果多运动会好一点吗？母亲这样问。医生说，可以试试看。

但她不能做家务，连洗个碗都不能。翠伊看着姐姐时，常常觉得那是个不知道该怎么办的人生。但四姐却好像浑不在意，连痛苦都从脑子里割切了那般欢悦地笑着，在尘屑味极重的住家工厂里，大声洪亮地说话。翠伊有时感到自己反而承接了姐姐身体的痛苦似的。

翠伊走过马来人的嘛嘛档，看见后面的金急雨开满黄花。花瓣一团团地悬在枝丫上，像一只只镂空的灯笼，连大白天里也是灿烂的。那落英纷纷的斜坡离路面很远。她想象秋天或春天的样子。

乌云从树后涌来。

大雨来了。大雨哗哗地发蓝。水又淹没了沟渠，急湍地，如梳子那样细密地流进每处洼坑，到处都有大大小小的瀑布。千针万线地落在额头与眼脸上，必须把水和发拨开。风把伞刮走，它随波逐流一阵就没入水中。翠伊看见自己的手缩短了，手骨一支支如椰骨散开，像扇那样张开一排细密的骨，皮肉如薄翼覆罩骨间，它化成鱼鳍了。大水漫过小镇。她的右腿是风筝与鱼尾的混合，但哪怕只化一半也够了。她颠簸地游过了大街，游过整排店铺的墙与窗，游过一个如牧场般的绿坡。她颠簸地骑在水上。经过牧场时她看见一个女孩子在跑。我必须从我的女主人那里逃走，这女孩从很低很低的地方朝她嚷。

翠伊颠簸地游过了鱼骨状的天线，她感到很自由。

直到来人的指尖清脆地敲在柜台上。她抹了抹嘴边的口水。

有房间吗？

翠伊几乎要叫起来。不，她只是张开口，声音很快就离开身体、离开午后风扇搅动的大厅。

最便宜的房间一晚多少钱？

火车现在该到哪里了呢？翠伊的脑袋已经无法思考。

怎么回来了？翠伊问。

他看着她的样子仿佛她是个神经病。

半个小时以后，当他又再撑着雨伞出门时，她不禁也跟着跨出门槛。她对他已经相当熟悉。他却不记得她。他不认得她。这不公平但没有关系。紧盯着此人背影，蹒跚越过小镇，经过同样的巷子，同样的银行街、巴士车站、警察局和邮政局，这一切是如此熟悉，以至于她根本不会把这景物搁在心上，好像它们全都是瞬现即逝的水影，只不过是为了造一条路让她经过，一片意识中恍惚浮漾的水域，全都被水渗透同时又溅射水花。那些白灰色的柱子、暗影幢幢的店铺、堆满货物散发腥味的箱子、安分而衰老寂寞的人，她经过他们而一眼都不看，经过无数根柱子，然后再穿越巷子，在没有屋檐遮挡的地方，雨在头上和每一个平面上喧叫。雨从伞沿淌下。路面沟渠阻塞了，一片积水被雨打得冒泡，一群水泡像天外飞碟似的，降落在脏水上浮荡，爆开，消失，复又出现。他跑进服装店，她在外头等，在一家印度档的防雨布棚下，两腿湿湿冷冷，右边的躯体一点一点地冷麻了，然而心头又炽热地想动，揉揉它，等他出来跟着走时就不会麻痹了。她想知道他是谁，每跟一步都怕给人看穿。但说不定给人看穿其实也没什么。知道就知道吧。可是不要给前面这个人知道。

一切都跟过去一样，不断地走、停、栖息、避雨。一切又是不一样的：停在哪、望向哪、挨近什么、跟谁擦身而过。经过的流浪狗或猫。看见的电影海报。数星期以来，李连杰已给换上了布鲁斯·威利斯。

然后回来。潮湿，寒冷，发抖。

翠伊觉得一定是烧坏了脑的缘故。她浑身发热，脖子滚烫。雨珠从高空冲下，强劲地敲碎窗篷上。墙内的声音都给这轰耳的大雨拭灭。走廊的黄灯幻若雾气掩饰破落的墙纸。右手指尖还是硬的，但她感到里头不管用了，它正软成河面上的水草，慢慢地就会连一根手指都动不了。她用左手持钥匙开门。这一晚她让他回到了他最初来的房间，一○二号房。

他睡在里头。桌灯还亮着。

一种说不明白的蛊惑使她躺下来。真是无法置信，悄悄地躺下来，他没惊醒，是了。这个时间他在睡觉。这是属于他睡梦的时间。我此刻就只是经过而已，他将不会记得我。回返的他什么都不会记得。

喂。

这样的低语好像是在唤他。

你为什么每天都来？

他没有动静，眼睛闭着，翠伊仔细地看他的脸。他的脸落在红格子布的枕头袋上，睡得像孩子。她看不到他的

眼睛了。但可以看着他呼吸，鼻息轻微地起伏。腿毛浓得
跟猩猩一样。

她看见他的手掌半藏在枕头下，隐约可见一丁点边缘，
剩下的大部分仿佛藏进层岩间。她把自己的手搁在床上，
与那只看不见的手比较一下。似乎够靠近了，但中间还隔
着一条红线。她想起表姐秀梅说的话，并试图想象这样的
感觉。如果一个人的手让你感到安心，那可能就是一种爱，
至少是对爱的怀念。

你在找谁呢？

你是怎么来的呢？

在他唇上有个浅浅的凹沟。她想象他来到这里要找的
事物，想象那可能是任何一个人，但也可能根本不是找人，
只是一个分身，习惯性地回到这里寻找——寻找着寻找。
有时候，人还活着就有某个部分死去了。于是那部分就开
始轮回。她以前看过一篇奇怪的故事，就说人是有可能遇
见自己轮回的转世。有一个住在槟城浮罗山背葫芦庙里的
和尚也这么说过。不懂为何这个故事给了她很深刻的印象。
这答案就像是一个哪怕晾挂在外，就算目睹了也依然难解
的秘密。你到底像谁呢？她想，然后回想。这回想的感觉
仿佛寻找某个潮水隐秘拍击的水道，而岩崖上的砂与草却
对此一无所知。就连对于远方刮来的风而言，那迷宫般的
洞窟蜿蜒径道也是秘密了。她想。生活就是秘密，报纸也

是，旅社里的每一扇房门更是。乃至于人们说的每一句话、哭笑、时间、孤独、生存：全，都，是，秘，密。包括这件事，此刻。尤其是这件事。

灯罩上的一只飞蛾栖息。光线变了。

是说不出来的事情吗？

然后她翻身，觉得异常伤心。仿佛那头冬天的鸟快死了。在腹腔里，缩得像卷须植物那样，带着它全部的温度与时间封藏成化石。

你要我帮忙吗？她又问。声音很低，仿佛是在自问。

她跑去窗边看。雨很黑，什么都看不到。防蚊纱太亮。她的手伸过去碰着了桌灯。如果我的手穿过了它，那我就是在做梦。蛾飞走了。她把口袋里的东西掏出来，它现在是一块石头了，就是那种散落在河床底下，被流水磨蚀得异常光滑的卵石。上面有一些灰色花纹，像文字似的，但又不是很像，也许还在长。她把它搁在桌子上。

我就要回家了，以后再也不会来了。她说。我知道你不是来找我的。

她撑起自己时，右臂一阵酸麻，几乎就要倒在这人的身上，心里扑扑地跳。他蜷缩着睡，像个孩子一样在他自己里边睡着了，好像在很遥远的、她潜不着的海底。没有关系。每个人都有自己的海。她看牢他一会，那就像看着水面一样。尽管仍未远离，然而她已经开始在想念他。却不能更近了。

无论如何，藏着秘密的我，也已经不是孩子了。

但愿这一阵，蓝色的波涛。

三姑的声音是那种很薄的声线，跟她平时讲话的声音不一样。拔高的时候变得尖细，人家说这不是好的唱法，唱久了声带会坏。三姑因而总是很遗憾。多年来她一直唱唱停停。她不是最好的，但还是在唱着。

你以后要不要来找我？

如果你来我家看，我家地板是裂的，裂成很多块，中间隆起来，好像发生过地震，但其实不是地震，而是在底下有一头鲸鱼。

吉打州本来都是海（Laut Kedah）。有一天，海水退了，船掉下来时敲在鲸鱼头上。船底裂开了。那是在海底活了很久的鱼，它在漫长的时间里黏附着砂石、贝壳、苔藓、各式各样的寄生物，想象一下，跟石头一样硬的茧皮。海退走以后，我公公找来木材、泥土重新修补地板。不过，那以后它仍然在裂，每隔几年就裂开一次。

我阿奶看过祖先显灵，她说底下那头鱼只剩骨头了。我们家跟其他人是不一样的。我阿奶这件事是不会说谎的，骗来干吗呢？除非记忆骗了她。如果你问她，日本兵坏吗？她就说，差不多啦，不管什么人都有好人和坏人。

　　翠伊又写。

　　我去年刚考完试，每个科目都背两三本参考书。一本是不够的，因为没有任何一本齐全，虽然都大同小异，常常就是那一点点不同——字多图简，或字少图繁——孢子图、矿产地图、青蛙与人体的解剖图、单细胞与复细胞生物的横截图、重金属的核子电云，它们的波动可多达几十种云图，你摸到的每样事物都由千万片银河系组成。一颗无限小的原子电云图可以旋成无限多的云图，或呈循环八字或呈土星状或呈双土星状，或呈一朵内旋花瓣……那方程式是多么复杂啊，好比昆虫的求偶、求助、战争乃至纯粹相遇行礼之舞。你看过探索频道的纪录片吗？无论多少根弧线都无法画尽的翼舞。肉眼看不清，只有机械的镜头才能放慢它们。一眨眼千万次的舞动。那是多快的一瞬。在那一瞬间它们到底说了什么呢？

　　她在心底研磨良久，想着，那片没人相信的海，那藏在地板下的鲸鱼，以及如果可以了解那鲸鱼腹部里头的沉默，这到底意味着什么。地板裂了，屋子动摇，身体也动摇。于是有些什么便泪泪涌出。但最初还没有语言，只有听不到的尖叫拔高。那到底是什么在轰响？

　　亲爱的听众，现在是一点钟了。

　　三姑，我出去一下，翠伊把这纸张撕下，藏进口袋里，再把登记簿子搁上。好像这样就可以把心口的钟摆给安定下来，它悬在半空中的定点上，等着冲破空气，开始另一次晃荡。翠伊觉得自己躁动不安，无法光坐在这里等待。她想从腹腔里嚷。

茶厅里的歌声拔高至顶端，须臾停顿。

那就去啦。姑妈说。

现在翠伊一个人走过戏院，撕剩的票根、吸水草、糖果纸被风卷作一堆聚在阶前。有些五脚基的水泥地高起来，有的矮下去，一路上她的脚就忽高忽低，起起伏伏地走着。阿丰会说，因为这是个没有未来的地方，每个人都死气沉沉地住在这里。

翠伊觉得不是这样，虽然她说不上是怎么样。虽然阿丰讲的话有可能是对的，但也许这里的人其实早就已经出走过了。如果连我明天也走了。她经过钟表店，忍不住又瞄了一眼时间。墙壁上挂满了时钟。

脚步漫漫地摇过了巴士车站，再过了中药店、迷你市场。蓝白两色三层楼高的警察局，两个马来警察藏在树荫底下松弛地聊天。在斑驳的阴影之外，大片水泥地上灼亮的反白，使翠伊皱起眉，眯起眼。

巴士车站前面，地上一片浓郁的黑油。我应该去搭火车的，翠伊脑子里这么想。她想象轨道下的鹅卵石，以及月台上剥漆的铁长椅。雨天里火车轨道看起来很静很荒凉，在某个地方它会停下来给别的火车经过。她一头钻入这热炉般的巴士车站，周围刹那暗了，另一端依然暴亮，光从铁花门泻出，在地上折射如扇，散开成无限多重的影子。

初稿作于二〇一四年一月，

多次修改，完稿于同年六月底

代跋

在语言里重生

理工出身的马华诗人在读贺淑芳的小说《迷宫毯子》时，遇到了阅读的障碍。根据他的描述，他一共失败了三次，"无法顺利把这本书读完"：

第一次从开始读到《创世纪》，发觉自己没有消化之前所读的，正确地说是没有读懂之前的几篇，所以停了下来。第二次，重新开始，跳过《月台与列车》和《时间边境》，到了《创世纪》后就读《像男孩一样黑》，再跳去读《别再提起》。还是觉得没有十分把握小说的情节和意境，甚至不能完全明白一些文字的描写，再次停下来。第三次，先读《黑豹》，下来是《别再提起》，《别再提起》是我比较可以深入理解和读懂的一篇，要再读一次，是因为以此来带

入阅读其他的几篇，像个引子，由浅入深，或许会克服我
的不足。再自《死人沼国》顺序读下去，书签还是停留在
《创世纪》的一半很久，没有再翻动过。

——【读善其身】贺淑芳《迷宫毯子》

黄建华脸书，二〇一三年九月十五日

　　黄建华说读我们其他人的文字没有类似的问题，这到
底是怎么回事呢？贺淑芳的小说语言到底有怎样的特性，
以致造成如此的阅读障碍？

　　认识贺淑芳的人多半都知道，她写小说近乎苦吟，文
字反复打磨，挖、改、删、削，钉钉补补的，唯恐找不到
确切的词语，每每在那上头花了许许多多的时间。这当然
有美学的信念在里头（某种程度的现代主义），但在美学信
念之前，却是她与语文的近身肉搏——出身马来西亚国民
教育系统，对华语文的掌握也许并不如国文（马来文）那
么流利顺畅。在创作时，当意识到必须运用文学语言（那
迥异于日常说话不讲究遣词造句且经常可用方言土语随意
置换只求达意的华语），整个紧张的搏斗就开始了。也就
是说，她可能比一般的写作者更意识到语言自身的陌生化，
它造成（或刻意寻求的）效果往往迥异于流利顺畅（如同

大部分有留台背景的写作人，流利之极者如钟怡雯、龚万辉；或取径于当代中国小说而极其流利者如黎紫书），也就是我所谓的中文。但贺淑芳采取的路径也许与温祥英相似（温的英文教育背景），都是艰苦地和语文搏斗，但效果有异有同。同处在于形成生涩的效果（在书法美学上，生是对熟——尤其是烂熟——的节制），而让文字有特别的韵味。其差异处在于，温比较芜杂，更多方言土语的引入，有时也比较啰唆。但贺淑芳却似乎力求一种简洁明净。

加上她对陌异的幻想的偏好，对事态的独特思考，突现的意象、突如其来的比喻，又因为贺淑芳写作上高度的自我指涉，当然都会造成理解上的困难。在《重写笔记》和《创世纪》这两篇思索写作与实存的篇什中都有集中的展现。写作不只是与生命的搏斗，它简直就是生命本身。因此，《重写笔记》中那打劫的遭遇、被抢走的电脑、失去的稿子、不想做的工作、死亡中的母亲……那一切一切，仿佛只有写作能超越它，找到生命中的救赎时刻，与自己和解，重新找到生命的意义。《创世纪》则是更狂暴地演绎写作与疯狂、脸、自我的建立，尖锐的颤音让语言也变得破碎，更不易理解。但这两篇小说透露出的讯息是：只有写作方能超越此在的庸俗性，超越偶然历史条件赋予的生命的平庸——出生、成长、结婚、生孩子、工作，在穷乡僻壤或小镇重复上一代的生命周期。只有写作方能让自己重生。那是对自己的深刻的爱，以语言为手臂，回身拥抱自己。自己创造自己。让自己成为自己的母亲（一如我们这些研究马华文学的人必须成为自己的父亲[1]），必须重新把自己生下来。必须重新降生在语言里，像个孩子。但这时的语言并不是孩童学习母语（照顾者的语言）时那般可以自然地获取的，它像是外语，需要翻译；它飘浮在外部，必须奋力去攫取它，用力抓住它，把它拧断、重新打磨、挖空、裁切——磨去棱角、磨出锐角——借以重组出一个也许苦涩也许温暖的世界。温祥英如此，贺淑芳也是如此。这是马华现代主义很有趣（或许也是特具理论意义）的一个面向。

以这两篇为核心（它可能是贺淑芳关于写作的基本宣言，她的《论写作》），毕竟她决心以写作来建构人生的意义时，已过了而立之年。发表《别再提起》（二〇〇二）时三十二岁了，《别再提起》里的"大便"构成了叙事的核心——它既是名词也是动词——既是马华文学史上最有名的一坨屎，也是最著名的一场排遗秀，它之空前绝后，在于它是透过尸体来排放。就它的独一性而言，它也是一个文学行

1　借法国哲学家阿尔都塞（Louis Althusser）的表述："在哲学上，我也必须成为我自己的父亲。"蔡鸿滨译，《来日方长：阿尔都塞自传》（上海人民出版社：二〇一三），一百八十页。

动，既是一个前卫的文学姿态（强烈的格格不入、独一性），也是社会象征行为（华巫种族关系最锋锐的刃口之一。只有盲目的理论家才会忽视文学性的社会行动面）。它迫使读者重新去思考马华文学的"此时此地性"（这当然是个老观念，但它依然确实）。从这角度来看，《别再提起》已经是个文学宣言，只是它太晦涩，它的所指味道也不好，并不易被理解。隔了差不多十年的《重写笔记》和《创世纪》相较之下清楚得多，虽然对大部分读者而言可能仍是难以理解。

《别再提起》里的"大便"，到了近作，展现狂暴情欲、读来恍如施淑青《她名叫蝴蝶》的婆罗洲版的《十月》，情欲如浪涛的菊子，在关键时刻为了自保也"挫赛"了。这大便的意义何在呢？情节的意义之外，这可视为一种风格上的区隔。如果说《十月》在女性情欲的着墨上近于《她名叫蝴蝶》，那菊子的"挫赛"这种有碍风雅的事，恰是张派所不为的。这一点就和《别再提起》里的"大便"功能相似了：展现出作者自身书写风格上偶见的泼辣。

而这一切，都发生在语言里。

暨南大学中文系教授黄锦树

二〇一四年二月五日，于埔里

图书在版编目（CIP）数据

湖面如镜 / (马来) 贺淑芳著. -- 北京：中国友谊
出版公司, 2020.10（2021.4重印）
ISBN 978-7-5057-4997-9

I. ①湖… II. ①贺… III. ①短篇小说—小说集—马
来西亚—现代 IV. ①I338.45

中国版本图书馆CIP数据核字(2020)第177015号

著作权合同登记号　图字：01-2020-6339

书名	湖面如镜
作者	［马来西亚］贺淑芳
出版	中国友谊出版公司
发行	中国友谊出版公司
经销	新华书店
印刷	天津创先河普业印刷有限公司
规格	889×1194毫米　32开
	7.25印张　123千字
版次	2020年12月第1版
印次	2021年4月第2次印刷
书号	ISBN 978-7-5057-4997-9
定价	42.00元
地址	北京市朝阳区西坝河南里17号楼
邮编	100028
电话	（010）64678009